Königin der Nacht

Erotischer Roman

J.R. König

Copyright

Prolog

Die Nacht bricht herein und mit ihr erwachen all die Fantasien, welche die Menschen im Dunklen verstecken wollen. Bei Tageslicht schämen sie sich, dass solche Dinge in ihren Köpfen rumspuken. Doch wird der Mond in tiefschwarzer Nacht erkennbar, kommt das wahre Ich an die Oberfläche. Sie werden zu den Menschen, die sich ein Leben ohne ihr Verlangen nicht mehr vorstellen können.

Sie suchen einen Ort, an dem sie dieses ausleben können, an dem alles erlaubt ist – außer Verbergen. Genau dort ist es ihnen gestattet, diejenigen zu sein, die sie sich bei Tage keinesfalls trauen, zu sein. Sie zeigen, wer sie sind, und treffen auf Menschen, die ebenso denken.

Beschützt von der Nacht, begegnen sie sich und beginnen, sie selbst zu sein. Bewegen ihre Körper im Rhythmus der Musik, geben sich der Atmosphäre hin und genießen Berührungen fremder Menschen. Der Anfang ist schwer für sie, denn niemand springt leichtfüßig über seinen Schatten und zeigt, was in ihm brodelt. Doch genau das ist es, was sie wollen, wonach sie sich sehnen, denn niemand weiß, wer sich hinter ihrer Maske versteckt.

***

Niemand wird erfahren, wer du bist, solange du dich an ihre Regeln hältst. Diese sind notwendig, wenn man unerkannt in sein langweiliges Alltagsleben zurückkehren will. Mit dem Wissen, das es jemanden gibt, der genau weiß, wer du sein willst. Sie ist die Anführerin, die Einzige, die dir sagt, wie du dich zu verhalten hast.

Komm ihr nicht zu nahe! Schon viele haben es versucht und doch weiß bis heute keiner, wer sich hinter der Maske versteckt. Jeder kennt ihren Körper, die Absichten und weiß genau, was sie will, denn das nimmt sie sich.

Zieh dich aus und genieße die Show.

Ich liebe es. Liebe es, jede Nacht in die vor Leidenschaft verzerrten Gesichter zu blicken und zu wissen, dass allein ich ihnen Raum für diese geben kann. Versteckt hinter aufwendigen Masken, weiß niemand, wer du bist, wenn die Sonne wieder aufgeht. Und genau das ist es, was sie alle ersehnen. Anonymität und Sicherheit, um ihre Fantasien offen ausleben zu können.

Mein Blick wandert durch den Hauptraum des Clubs und überall sehe ich Menschen, die sich dem öffnen, was sie wirklich begehren. Die Musik ist getränkt von einem dunklen Beat, der das Verlangen nur noch mehr anheizen soll. Körper bewegen sich schwitzend dazu, stellen zur Schau, was sie haben, lediglich in Dessous gekleidet.

Es gibt hier nur vier einfache Regeln: Trage die Maske, ziehe dich aus, zeige was du hast, behalte es für dich. Kann man diese Dinge einhalten, ist einem eine Erfahrung sicher, die man niemals im Leben vergessen wird. Was hier geschieht, bleibt für alle Ewigkeit in diesen Mauern verborgen, dringt nicht an die Oberfläche und wird beendet, sobald die ersten Sonnenstrahlen den Himmel erwecken.

Ein letztes Mal wandern meine Augen über die bereits anwesenden Personen, bevor ich mich dem Spiegel an der Wand gegenüber widme. Die Maske sitzt bereits perfekt und schmiegt an meine Haut. Ebenso die schwarze Spitzenunterwäsche. Langsam gleite ich mit den Händen über den dünnen Stoff, der genau so viel verbirgt, dass sämtliche

Fantasien, die man sich ausgemalt hat, wahr werden und man sich nach mir verzehrt. Und doch werden nur die Wenigsten in den Genuss kommen, diesen einen Körper zu berühren. Denn ganz allein ich wähle aus, wer mir näherkommen darf.

Dieser Club ist mein Leben, meine Aufgabe und auch mein ganz persönliches Auswahlbecken. Mir allein obliegt die Gewissheit, wer sich tatsächlich in meinem Club befindet, und ich entscheide, wem die Ehre zuteilwird, eine Nacht hier zu verbringen. Und doch fällt es auch mir schwer, jeden Einzelnen unter seiner Masken zu erkennen. Die Auswahlkriterien sind keinesfalls leichtfertig gewählt, denn hier dürfen sich nur die interessantesten Menschen aufhalten. Es mag oberflächlich klingen, doch nur Menschen mit wohlgeformtem Körper und einer Ausstrahlung zum Niederknien bekommen Zutritt zu unseren Räumlichkeiten. Sie sind schön, offen und charmant.

Wir sind exklusiv, verrucht und von jedem begehrt. Etwas, das lange gedauert hat, um so aufgebaut zu werden. Ein letztes Mal begutachte ich mich in dem alten Spiegel, meinem besten Freund, wenn man so will, bevor ich mich auf dem Absatz drehe und hüftschwingend aus dem Büro trete. Hier oben befinden sich die Privaträume, die man über den Anhänger des Armbandes, das jeder erhält, der aufgenommen wurde, buchen kann. Es ist eine Art Chip, nur viel unauffälliger. Er ist an einem Lederarmband befestigt, das nicht abgelegt werden darf, solange man Gast ist. Diese ermöglichen uns, immer genau zu wissen, wo sich jeder unserer Besucher aufhält. Es ist schier unmöglich, einfach zu verschwinden, solange das Band getragen wird. Unsere Mitglieder wissen um diesen Umstand, und nur, wenn sie ihm zustimmen, wird ihnen Einlass gewährt.

Eine Wendeltreppe bringt mich an mein Ziel, und ich stehe inmitten der tanzenden Menge. Unaufhörlich hämmert der Beat, stachelt die Menschen an, ihre Körper zu bewegen. Bringt sie näher und näher, bis sie die Finger nicht mehr bei sich behalten können, dem Verlangen nachgeben und ihr wahres Ich zeigen.

Meine Schritte sind langsam, aber zielgerichtet, habe ich doch mein Opfer der Nacht bereits aus meinem Büro heraus erspäht. Er ist groß, hat einen unglaublich definierten Körper, riesige Hände, die einfach wissen müssen, wie sie mit einer Frau umzugehen haben, und einige schwarze Linien auf der Haut, die ich mir zu gern aus der Nähe ansehen möchte. Die Maske ist schlicht, unauffällig und doch erfüllt sie ihren Nutzen und verbirgt sein wahres Ich. Doch dieses ist mir in diesem Moment egal.

Ich spüre, wie allein sein Anblick meinen Unterleib sich zusammenziehen lässt, während ich auf ihn zu schleiche. Seine Augen erscheinen dunkel wie die Nacht, wach und aufmerksam. Er bewegt sich perfekt zur Musik, sodass jeder Muskel sichtbar wird, mich zu ihm zieht und allein für mich zu tanzen scheint. Dass seine Hände auf einem anderen weiblichen Körper liegen, stört mich nicht im Geringsten. Sie wird im nächsten Moment auf jeden Fall in Vergessenheit geraten.

Ich bekomme, was ich will. Immer. Und ich habe mir schon lange abgewöhnt, danach zu fragen. Ich nehme es mir, und die Menschen, die hier Mitglied werden, kommen allein wegen mir. Wenn man es so nennen möchte. Doch niemals lasse ich mich auswählen. Ich bin diejenige, die aussucht und es soll für jeden, egal ob männlich oder weiblich, eine Ehre sein, meinen Körper berühren zu dürfen.

Meine Augen liegen noch immer auf der heutigen Auswahl, als ich nun direkt hinter seiner Tanzpartnerin stehe und meinen Blick mit seinem verankere. Ich entscheide mich, ein wenig zu spielen. Die Frau vor mir hat himmelblaue Unterwäsche angezogen, die sich an den Körper schmiegt und ihre Rundungen gut zur Geltung bringt. Vielleicht kann ich nach Erfüllung meiner heutigen Aufgabe, die beiden noch zusätzlich mit mir nehmen.

Ihre Maske hat die gleiche Farbe, wie die Dessous, und ich ziehe den Hut ein kleines Stück vor ihr, dass sie sich solche Gedanken gemacht hat und diese Dinge aufeinander abstimmt.

Meine Hände wandern auf ihre Hüfte, während mein Blick immer noch an seinem hängt. Ich drücke mich eng an sie und beginne, mit ihr zu tanzen, während ich die Finger über ihre erhitzte Haut gleiten lasse. Ich kann sie den Atem anhalten spüren, während sie anfängt, meine Berührungen zu genießen. Ihr Kopf lehnt an meinem, als sie ihre Hände von meinem eigentlichen Opfer nimmt und direkt über meine legt. Unbeirrt führe ich die Handlungen fort, erkunde ihren Körper und beobachte dabei unseren männlichen Zuschauer. Selbst durch die Maske hindurch kann ich erkennen, wie sich seine Pupillen weiten, als meine Hände zwischen ihre Beine wandern. Noch immer tanzen wir eng zur Musik, bewegen uns exakt im Rhythmus, unsere Hände übereinander.

Ich lasse den Daumen über ihre Mitte streichen und spüre deutlich, wie sie unter meiner Berührung beginnt zu beben. Während meine linke Hand den Weg zurück über ihre Hüfte zu ihren prallen Brüsten macht, greife ich nach ihren Fingern und platziere sie in meinem Nacken. Direkt danach lasse ich meine freie Hand wieder über ihren Körper gleiten, nur um mit ihr in ihrem Höschen zu verschwinden.

Nicht nur sie atmet hörbar ein, auch unser Beobachter tut es, und ich schmunzele bei seiner Reaktion. Seine Augen verlassen meine, folgen der Handlungen, bleiben als Erstes an ihren Brüsten hängen, die ich zärtlich liebkose. Ihre Nippel durch den dünnen BH hindurch reize, sodass sie den Arm nur stärker um mich schlingt. Leidenschaftlich massiere ich ihre angeschwollenen Knospen abwechselnd und senke die Lippen auf ihren Nacken, ohne unseren Beobachter aus dem Blick zu lassen.

Leichte Küsse platziere ich auf ihrer Haut, was ihr Zittern nur verstärkt. Gleichzeitig beginnen meine Finger in ihrem Höschen, die kleine Wanderschaft fortzuführen. Sofort spüre ich, wie sehr sie all das hier genießt. Denn sie ist nicht mehr nur feucht, nein, sie ist nass und begrüßt meine gierigen Finger mit Wonne und leichtem Pulsieren.

Sanft streiche ich über ihre geschwollene Haut, reize sie und massiere in langsamen Kreisen ihren Kitzler. Die Finger, die auf meiner Hand liegen, krallen sich in diese, während ich den Druck erhöhe. Es bereitet mir unglaublichen Spaß, sie so zu erleben. Hilflos schon fast und mir völlig ergeben.

„Bitte i-ich ...", stammelt sie flehend und bereitet mir nur noch größeres Vergnügen, sie ein wenig leiden zu lassen. Wieder fixiere ich unser Gegenüber, der schwer die Finger bei sich halten kann. Wieder ziert ein wissendes Schmunzeln meine Lippen. Immer wieder reibt mein Daumen über ihren bereits jetzt überreizten Kitzler, während ich langsam mit meinem Zeigefinger in sie eindringe.

Ein tiefes Stöhnen entrinnt ihrer Kehle, während ich beginne, in sie zu gleiten. Der Fremde beobachtet die ganze Zeit meine Hand, die unermüdlich in sie pumpt und sie stimuliert. Seine eigene Hand ruht dabei auf seiner beachtlichen Beule.

Er massiert seine Härte im gleichen Tempo, wie ich sie mit dem Finger ficke. Sein Anblick turnt mich in hohem Maße an, und ich dringe mit einem zweiten in ihre triefende Mitte ein. Erneut stöhnt sie erregt und kann auch ihr Keuchen nicht unterdrücken. Ihre Hand, die sich von meinem Nacken auf meine Hand gelegt hat, packt mich immer fester.

Ebenso wie ich, erhöht er den Rhythmus und stöhnt unter seinen eigenen Berührungen und seiner Beobachtung. Sie zittert immer stärker unter mir, ihre Finger krallen sich tiefer in meine Hand über ihren Brüsten, die ich zusätzlich reize und ihr dadurch ein keuchendes Stöhnen entlocke.

Meine Zunge gleitet gierig über ihre schwitzige Haut und hinterlässt eine zusätzliche Gänsehaut. Ich spüre und sehe deutlich, dass sowohl sie und auch er nicht mehr lange benötigen. Darum verstärke ich den Druck auf ihre Knospen und ihren empfindlichsten Punkt, während ich sie mit meinen

Fingern zu einem krönenden Höhepunkt bringe. Ihr Inneres zieht sich eng um mich zusammen, als sie heftig kommt.

Ich genieße es in vollen Zügen, denn auch er schließt die Augen, während er inmitten der Menge in seinen Shorts kommt und sich keine Sekunde darum kümmert, was andere über ihn denken.

Denn genau darum geht es hier.

Tu und lasse, was du willst, denn die anderen machen das Gleiche.

Quälend langsam entferne ich die Hand aus ihrem klatschnassen Höschen und halte sie ihm direkt vor den Mund. Wieder fixieren sich unsere Blicke. Ich sehe die Erkenntnis in seinen Augen, während er sich ein Stück nach vorn beugt, um seine Lippen um meine Finger zu legen und an ihnen zu lecken. Meine Gedanken rasen, und nur zu gern würde ich wissen, was er mit dieser gekonnten Zunge, die meine Finger schon so himmlisch verwöhnt, alles anstellen kann. Ich entziehe mich der Umklammerung der Frau. Noch immer versucht sie, ihre Atmung zu kontrollieren, dieses wissende Lächeln auf dem Mund tragend. Doch ich habe nur Augen für ihn, wie er sich verführerisch über die Lippen leckt und das Verlangen nach ihm in mir nur noch weiter schürt.

Langsam drehe ich mich von dem Geschehenen weg und bahne mir erneut den Weg durch die Menge. In dem Wissen, dass er mir folgen wird. Ohne mich umdrehen zu müssen, spüre ich seine Anwesenheit direkt hinter mir. Plötzlich werde ich am Handgelenk gepackt, umgedreht und gegen eine harte Brust gepresst.

„Verschwinde nicht so schnell. Du bist mir noch etwas schuldig." Seine Hand legt er zwischen meine Schulterblätter und drückt mich enger an seine heiße Haut. Seine Atmung und sein Herzschlag sind noch immer erhöht, stelle ich entzückt fest und halte seinem Blick durch unsere Masken hindurch stand.

„Ich bin niemandem etwas schuldig. Schließlich bist du doch auf deine Kosten gekommen oder?" Unsere Gesichter sind sich nahe genug, dass ich seinen Atem auf meinem Gesicht spüren kann. Ich inhaliere seinen betörenden Duft.

Seine Stimme lässt meinen Unterleib genüsslich zusammenzucken und schickt kleine Blitze durch meinen Körper. Schon zum zweiten Mal leckt er sich sinnlich über die Unterlippe und verstärkt das Verlangen nach seiner Zunge zwischen meinen Beinen nur noch mehr.

Gekonnt streiche ich ihm mit dem Fingernagel über seine Brust und bin überaus zufrieden, als er unter den Berührungen erschauert. Das Gefühl verstärkend beginne ich wieder, die Hüfte im Takt der Musik zu bewegen, eng gegen seinen Körper gepresst, sodass ich mit Genugtuung seine erneute Erregung gegen meine Mitte gepresst spüre.

„Wenn du lieb bist, gibt's vielleicht eine zweite Runde. Es liegt ganz an dir." Ein letztes Mal reibe ich mich an ihm, bevor ich mich wieder wegdrehe und schnellen Schrittes durch die Menschen laufe, mein Ziel immer vor Augen.

Zander

Mein gesamter Körper brennt wie Feuer, und es kostet mich alle Kraft, die ich aufbringen kann, um nicht auf der Tanzfläche inmitten aller Menschen über sie herzufallen.

Ihre Show mit der Fremden war unglaublich. Nie im Leben hätte ich mir träumen lassen, dass mein erster Abend hier so laufen würde. Die Anmeldung hat mich viel Überwindung gekostet, auch mich durch all die Aufnahmetermine zu kämpfen. Doch jetzt bin ich sehr froh, dass ich es getan habe. Mein Leben ist schon immer von Verlangen und Leidenschaft geprägt, und dank dieses Clubs ist es mir möglich, dies alles endlich auszuleben.

Nie wieder möchte ich mich dafür schämen müssen, was ich will. Trotzdem war viel Überredung für die Anmeldung notwendig. Leonard ist ebenfalls da, aber ich will gar nicht so genau wissen, was er gerade treibt. Wie er auf diesen Club gekommen ist, ist das Nächste, was ich keinesfalls erfahren will. Alles hier ist so exklusiv, übertrieben und hoch erotisch. Allein die Atmosphäre in den einzelnen Räumen bringt mein Blut in Wallung, und wirklich jede Frau hier könnte es schaffen, mich mehrfach über die Klippe springen zu lassen.

Es ist eine Erleichterung, durch die Türen zu treten und zu wissen, dass niemand hiervon erfahren wird. Mein Leben ist eher langweilig. Abgesehen davon, dass ich quer durch die Welt fliege, um Kunden und Geschäftspartner zu treffen, zusammen mit Leonard.

Wir führen ein Kunstatelier, sind ständig auf der Suche nach Gemälden, Skulpturen und allem, was dazugehört, sodass man ich Gefühl habe, alles andere bleibt auf der Strecke. Ich will mich nicht beklagen, aber ich weiß, dass da noch mehr auf mich wartet. Und genau dies scheine ich hier zu finden.

Doch jetzt muss ich mich auf das jetzt und hier konzentrieren. Und genau das läuft mit schnellen Schritten durch all die Menschen vor mir, die sich hier ihren Fantasien hingeben.

Egal, wo ich hinsehe, tanzen die Leute, reiben die Körper aneinander und genießen es, dass niemand sie kennt. Ich bin mir sicher, dass, wenn sie mit mir fertig ist, ich das klar denken schnell vergessen werde. In ihrer Gegenwart will ich das sicherlich überhaupt nicht.

Ich erhöhe das Tempo, suche die Masse nach ihrem Prachtarsch ab und finde sie umgehend. Sie lehnt mit verschränkten Armen an einer Tür. Ihr Ausdruck ruht wie vorhin auf mir und bringt mich wieder völlig aus der Fassung. Mein Blick erkundet ihren in meinen Augen perfekten Körper und ich versuche, mir jeden Zentimeter davon einzuprägen.

Noch nie in meinem Leben ist mir jemand wie sie begegnet. Ich weiß, dass der Club nur durch seine Anonymität funktioniert, bin aber davon überzeugt, dass es einen Weg geben muss, herauszufinden, wer sie wirklich ist.

Meine Schritte werden langsamer, während mein Blick immer noch alles von ihr begutachtet. Die dunklen Haare fallen in leichten Wellen über ihre linke Schulter, verbergen fast ihre Brust, die sich perfekt in den schwarzen Spitzen-BH schmiegen.

14

Ihr Kopf ist ein Stück nach links geneigt, sodass sie ihre rechte Nackenseite preisgibt. Der Drang, meine Lippen auf ihre Haut zu pressen und sie zu schmecken, verstärkt sich mit jedem Meter, den ich zwischen uns verringere.

Meine Augen wandern weiter über den flachen und trainierten Bauch, über die weiche, schimmernde Haut bis hin zu ihrem Höschen. Sie muss meinen Blick spüren, denn in dem Moment, in dem meine Augen auf dieser Stelle ruhen, die ich gern berühren möchte, gleiten ihre Hände zwischen ihre Beine.

Wie schon zuvor bei der anderen Frau beginnt sie, sich selbst zu berühren, streichelt ihre Haut durch den Stoff hindurch. Nachdem ich mich dazu bringen kann aufzusehen, sehe ich, dass sie ihre Augen geschlossen und ihre Unterlippe zwischen ihren Zähnen eingeklemmt hat.

Sie genießt die eigenen Berührungen, ich kann deutlich spüren, wie sehr mich die ganze Show anmacht. Meine Shorts werden deutlich enger, der Drang mich in ihr zu verlieren immer stärker. Binnen Sekunden stehe ich direkt vor ihr, schiebe ihr die Hände weg und ersetze sie mit meinen eigenen.

„Das solltest du mich machen lassen", raune ich ihr zu und bin über meine eigenen Worte erstaunt. Doch wie soll ich mich gegen diese Frau wehren. Sie bringt schon jetzt meine dunkle Seite hervor und bis jetzt stört es mich kein bisschen. Geschickt gleite ich mit den Fingern unter den dünnen Stoff und dringe in sie ein. Ihr Stöhnen dicht an meinem Ohr spornt mich nur an, sodass ich in langsamem Tempo anfange, mich mit zwei Fingern in ihr zu bewegen. Wie vorhin streicht jetzt allerdings mein Daumen über ihren Kitzler, und die in meinen Rücken gekrallten Finger bestätigen mir, dass ihr meine Berührungen gefallen. Immer tiefer dringen meine Finger in ihr Fleisch. Normalerweise gönne ich auf keinen Fall der Frau zuerst das Vergnügen, jetzt ist es mir wichtiger als meine eigene Befriedigung.

Ihr Stöhnen dringt tief in jede Faser meines Körpers. Ich genieße es, ihr dabei zuzusehen, wie sie erneut die Lippe zwischen ihre Zähne zieht, um heftig darauf zu beißen. Mein Tempo ist rasant, ich spüre deutlich, wie sie ihrem Höhepunkt immer näherkommt. Doch das ist nicht das was ich will.

Mit einem Mal stoppe ich und beobachte ihre Reaktion genau. Erschrocken öffnet sie ihre Augen und sieht mich durchdringend an. Meine Finger sind noch immer tief in ihr und mir gefällt das Gefühl, sie um mich zu spüren. Doch ich will mehr, will sie mit Haut und Haaren. Ich kann ihre Augen hinter der Maske klar und deutlich erkennen, sie lodern wie Feuer.

„Entweder, du beendest, was du begonnen hast, oder du verschwindest sofort." Ihre Stimme ist fest und die Ansage verständlich für mich. Und doch lächle ich sie einfach an.

„Möchtest du das wirklich oder bist du einfach nur zickig?", gebe ich zurück, was sie zusammenzucken lässt. Ich lehne mich nah zu ihr vor, mein Oberkörper berührt ihren, und ich kann ihre unregelmäßige Atmung spüren.

Mein Kopf bewegt sich zu ihrem Ohr, doch ich habe anderes vor. Wenn sie spielen und zickig sein kann, will ich nur zu gern wissen, wie weit ich gehen darf. Ich beginne, so langsam ich kann, meine Finger in ihr zu bewegen und höre sie nach Luft schnappen. Ein breites Grinsen stiehlt sich auf meine Lippen bei ihrer Reaktion, mein Mund bahnt sich seinen Weg, und im nächsten Moment spüre ich ihre Haut unter meinen Lippen.

Ich spüre, das sie ihre Fingernägel fester in meinen Rücken krallt. Ich will mir nicht vorstellen, wie dieser morgen aussieht, denn es ist mir egal. Diese Frau zu testen, ist alles, wonach ich strebe. Und so gleitet meine feuchte Zunge ohne Hast über ihren Nacken, ich beiße immer mal wieder zu, während meine Finger noch tief in sie eindringen.

„Möchtest du immer noch, dass ich gehe?", flüstere ich. Doch das Einzige was sie tut, ist, zu keuchen und sich im Rhythmus mit mir zu bewegen. Es ist Antwort genug. Mit der freien Hand greife ich hinter uns und öffne so schnell es mir möglich ist die Tür. Ein Blick in ihr Gesicht bestätigt mir, dass sie ihre Augen immer noch geschlossen hat, ihre Gesichtszüge angestrengt und angespannt.

Ich will nicht darüber nachdenken, wie die Welt morgen aussieht, ob ich wieder hierher zurückkehren will, aber das ist es wert. Diese Erfahrung lohnt es, das Geheimnis zu hüten. Will ich denn herausfinden, wer sie wirklich ist? Was würde geschehen, wenn wir uns außerhalb dieser Mauern wiedertreffen würden? Ich bin zur Verschwiegenheit verpflichtet. Es soll ein Abenteuer sein und es auch bleiben. Was würden unsere Freunde von uns denken, wenn sie wüssten, wo wir die Nacht verbringen?

Bevor ich mich auf die Tanzfläche getraut habe, sah ich Dinge, die ich so nie zu Augen bekommen habe. Von denen ich dachte, sie wären abstoßend. Doch belehrt mich dieser Ort eines Besseren. Ich will mehr. Viel mehr. Und allein hier werde ich genau das erleben können. Ist es das Geheimnis darum also wert?

Meine Finger immer noch tief in ihr, haben wir es in den Raum geschafft. Mein Blick erkundet ihn und was ich sehe, lässt mich stocken. Zwei der Wände sind mit dunkelrotem Samt überzogen, und ein Bett, dessen Bettwäsche die gleiche Farbe hat, steht an einer davon. Doch was mich erschaudern lässt, ist die Wand der Tür direkt gegenüber. Sie ist verglast, und man kann in den Raum direkt dahinter blicken.

Ich erkenne die Konturen dreier Personen, die sich gemeinsam vergnügen.

„Willst du vielleicht jetzt gehen? Nicht nur wir sehen sie, auch sie sehen uns. Wenn dir das zu viel ist, verstehe ich das. Dir steht es frei, zu gehen." Sie klingt belustigt und amüsiert. So sehr mich das auch erschreckt, so ist der Drang, sie endlich zu nehmen, viel stärker.

„Vergiss es, so schnell wirst du mich auf keinen Fall los." Um meine Worte zu unterstreichen, dränge ich sie in Richtung des Fensters und drehe sie, mit meinen Fingern immer noch in ihr, zur Scheibe.

„Sie sollen sehen, wie gut du dich durch mich fühlst", flüstere ich und dringe in einem wieder schnelleren Tempo in sie ein, sodass ihre Hände gegen die Scheibe knallen und sie das Stöhnen nicht mehr unterdrücken kann.

"Und, soll ich gehen?"

Viola

Dieser Typ macht mich wahnsinnig. Ich spüre ihn, seine Finger so gierig in meiner Mitte und dazu bereit, mir unendliche Glückseligkeit zu schenken. Er quält mich, er weiß ganz genau, was er in mir auslöst. Jede Bewegung von ihm macht die Folter ein Stückchen intensiver. Meine Brüste drücken sich an das kalte Glas der Scheibe. Die Augen geschlossen, genieße ich seine Berührungen.

Schon lange hat mich kein Mann mehr so aus der Fassung gebracht, und wäre es nicht er, würde ich es auch keinesfalls zulassen. Aber er hat etwas an sich, dem ich einfach nicht widerstehen kann, oder besser gesagt, will. Seine Augen funkeln in jeder Sekunde, die er sie auf mich richtet, seine Berührungen sind einerseits hart, aber gleichzeitig so sanft, dass es mich verrückt macht. Ich spüre deutlich seine Erregung an meinem Hinterteil. Allein die Vorstellung, ihn und nicht nur seine Finger tief in mir zu spüren, macht es noch unerträglicher, unter seiner Macht zu stehen.

Denn genau so etwas soll nie wieder geschehen. Wenn, dann will ich die Macht haben, ihn zu quälen, mit seinem Verlangen foltern, aber es ist mir anscheinend unmöglich. Seine Worte klingen in meinem Kopf nach, ich versuche angestrengt, ihm zu antworten, während seine Finger das Tempo in mir mit einem Male wieder erhöhen.

Ich kann nicht verhindern, dass ein kehliges Stöhnen meinem Mund entweicht, was ihn nur noch mehr anspornt.

"Mh ... genauso magst du es, oder? Sag mir, dass es dir gefällt, und ich mache weiter." Seine Stimme ist rau, und er kann kein bisschen verstecken, wie sehr ihn das alles hier anmacht.

Sein Daumen reizt meinen Kitzler noch mehr, ich bin nur zu einem Keuchen fähig, während er so schnell in mich dringt, dass ich innerhalb von wenigen Minuten komme. Ein lauter Schrei dringt aus meiner Kehle, als er mich endlich über die Klippe schickt, und sich mir sofort entzieht. Eine unangenehme Kälte macht sich an meinem Rücken breit, als er einige Schritte zurücktritt.

Ich dagegen lehne noch immer mit den Händen gegen die Scheibe und versuche krampfhaft, zu Atem zu kommen. Noch nie hat es ein Mann geschafft, mich so zu reizen und mir so einen grandiosen Höhepunkt zu verschaffen. Nur mit den Fingern. Wozu ist er noch fähig?

Meine Lider heben sich nur schwer und mein Blick fällt auf das Dreiergespann direkt vor mir. Es sind zwei Männer und eine Frau, die sich zwischen ihnen befindet. Eine ihrer beiden Hände ist an das Gitter des Bettes über ihrem Kopf befestigt, jedoch so, dass sie ihren Körper drehen kann. Der Typ unter ihr pumpt unermüdlich in ihre Pussy, lässt sie immer wieder aufschreien, während der andere mit zwei Fingern ihr hinteres Loch verwöhnt. Ihre freie Hand ist um seinen Schaft gelegt und besorgt es ihm im gleichen Rhythmus, wie er es ihr. Der Anblick ist hocherotisch, ich spüre, wie sich meine Mitte erneut zusammenzieht. Nur einen kurzen Augenblick denke ich daran, wie froh ich bin, dass die Verhütung vorab geklärt ist. Die

Frauen müssen einen Nachweis ihres Verhütungsmittels bringen, die Männer einen Test wegen etwaiger Krankheiten. So brauchen wir uns jetzt keine Gedanken darüber machen.

Nur stockend, schaffe ich es, meinen malträtierten Körper in Richtung des Mannes auf dem Bett zu drehen. Bei seinem Anblick bleibt mir fast die Spucke weg. Sein Blick ist auf das Geschehen direkt hinter mir gerichtet, während er die Hand um seine Länge gelegt hat und sich selbst befriedigt. Jeder Muskel seines Körper ist angespannt, der Schweiß glitzert auf seiner Haut, und mir ist klar, dass nur ich ihn in diesen Zustand bringen will, keinesfalls die Drei nebenan.

Kurzerhand schließe ich die Vorhänge und schreite mit kleinen Schritten auf ihn zu. Seine Augen weiten sich ein Stück, als er meine Handlungen bemerkt. Jedoch denkt er anscheinend überhaupt nicht daran, die seinen zu stoppen. Sein Pumpen ist hart und ohne Zärtlichkeit, ganz anders, als er mich bearbeitet hat. Während ich den Weg zu ihm weiterführe, öffne ich den Verschluss meines BHs. Schnell ist der schwarze Stoff auf dem Boden gelandet, und genauso schnell stehe ich vor ihm. Seine Augen fixieren meine prallen Brüste, deren Nippel hart aufgestellt sind.

Die Atmosphäre ist elektrisierend und jeder Blick von ihm entfacht das Brennen auf meiner Haut immer und immer wieder. Die Maske in seinem Gesicht tut ihr Übriges.

"Ich denke, *ich* sollte das beenden", werfe ich ihm entgegen und tausche seine Hand gegen meine. Gleichzeitig gehe ich in die Hocke, immer darauf bedacht, den Blick nicht von ihm zu nehmen. Mein Kopf senkt sich fast wie von selbst, während ich meine Zunge über seine geschwollene Spitze gleiten lasse. Ein tiefes Knurren ist zu vernehmen, ich spüre, wie sich sein Körper noch mehr anspannt.

Seine Hände platziert er in meinem Haar und krallt sich fast in meine Kopfhaut. Aber es ist mir egal. Alles, was ich in diesem Moment will, ist, ihn zu kosten, zu spüren. Es ist unglaublich, als ich meine Lippen um seine Härte schließe und immer wieder gekonnt die kleine Spalte mit der Zunge liebkose. Sein Geschmack ist unvergleichlich, ich beginne behutsam, meinen Kopf auf und ab zu bewegen, während ich mit einer Hand seine Hoden massiere.

"Oh mein Gott", presst er zwischen den Lippen hervor, und es spornt mich nur noch mehr an. Seine Hände drücken meinen Kopf immer tiefer auf seine Länge, und ich spüre ihn tief im Rachen. Es ist ein fantastisches Gefühl, als ich meine Zähne kurz über seine dünne Haut kratzen lasse und seine Adern sofort anfangen, zu pulsieren. Endlich erhalte ich dieses Gefühl der Macht zurück, dass ich der Grund bin, dass er so reagiert. Ich wiederhole meine Bewegungen immer wieder und das ist zu viel für ihn. Seine Hände drücken meinen Kopf tief auf seinen Schwanz, sodass ich direkt alles schlucken kann, was er mir gibt.

Er pumpt eine gefühlte Ewigkeit in meinen Rachen, und nur zu gern nehme ich alles auf. Er schmeckt köstlich, und ich will in dieser Nacht noch viel mehr von ihm.

Ich lasse meine Zunge über seine dicken Adern gleiten und reize ihn erneut. Augenblicklich wird er wieder hart, und ich bin begeistert von dieser Standhaftigkeit. Wieder und wieder lasse ich meine Lippen über die Haut fahren, bevor ich an den Haaren nach oben gezerrt werde. Mh, der Typ mag auch die etwas härtere Gangart?

Ich weiß nicht, wie mir geschieht, als ich auf den Bauch gedreht werde, mein Höschen verschwindet und ich gleich darauf seine Länge in meiner heißen Mitte spüre. Mit nur einem Stoß dringt er tief in mich ein, und der Raum wird von unser beider Stöhnen erfüllt.

Seine Bewegungen sind schnell, ohne Rücksicht und hart, aber genauso will ich es in diesem Moment. Zu lange haben wir miteinander gespielt, dieser Abschluss gefällt mir eindeutig. Meine Finger verfangen sich in der weichen, dunkelroten Bettdecke, und ich dränge mich bei jedem Stoß gegen ihn, den Rücken in ein tiefes Hohlkreuz durchgedrückt. Das Tempo ist atemberaubend, und ich kann deutlich spüren, dass ich nicht mehr lange brauche, wenn er so weiter macht.

Seine Hände gleiten über die feuchte Haut meines Rückens, massieren ihn schon fast bis zur Taille. Es fühlt sich an, als seien einzig und allein er und ich wichtig. Seine Hände wandern weiter über meinen Körper, bis ich seinen Daumen an meiner empfindlichsten Stelle verspüre. Ein Schrei entweicht meiner Kehle und im nächsten Moment ist es unkontrollierbar für mich. Heftig zuckt mein Körper, als es mich überwältigt. Meine Kontraktionen sind ungestüm und bringen ihn zu einem weiteren Orgasmus. Erneut an diesem Abend kommt er lange und stark, wieder nehme ich alles, was ich von ihm bekommen kann, in mich auf. Erschöpft lasse ich mich auf das Laken fallen, bin versucht, einfach die Augen zu schließen und hier neben diesem Traum von einem Mann einzuschlafen.

Auch er lässt sich auf die weiche Matratze sinken. Wir sagen keinen Ton, sehen uns nicht mal an und doch spüre ich ihn tief in mir, als seien wir noch immer vereint. Sein Kopf ist zur anderen Seite geneigt und nur langsam beruhigt sich seine Atmung. Minutenlang bleibe ich stumm neben ihm liegen, bevor ich vorsichtig versuche mich so vom Bett zu erheben, sodass ich ihn nicht wecke. Denn auch wenn sich mein Körper zu ihm hingezogen fühlt, ihn am liebsten wecken würde, so weiß ich, dass genau das nicht geht.

Einen letzten Blick riskiere ich auf ihn, bevor ich aus meinem Lieblingsraum durch die Geheimtür verschwinde. Meine Schritte führen mich durch den dunklen Gang, vorbei an all den Räumen genau dahinter. Keiner weiß, dass es diesen Gang gibt, der den offiziellen Part des Gebäudes mit meinen Gemächern verbindet. Als würde ich vor etwas weglaufen, beschleunige ich die Schritte noch ein weiteres Mal, bevor ich endlich die rettende Tür erreiche.

Egal, wo ich mich in diesem Gebäude aufhalte. *Er* weiß es. Ebenso wie die ganzen Mitglieder hier trage auch ich dieses Band mit der Standorterkennung. Nur dass ich es niemals ablegen kann. *Er* würde es wissen, und ich will mir die erneute Bestrafung darauf nicht ausmalen.

Bisher hatte ich es einmal gewagt, es abzulegen und es war kein schöner Tag danach. So sehr ich es liebe, diesen Club zu führen, es begehre jede, Nacht ein Opfer für mich auszusuchen, so sehr würde ich dem Ganzen auch einfach entfliehen wollen.

Nur würde *er* dies niemals zulassen. Wenn ich wüsste, mit wem ich es zu tun habe, wäre es um ein Vielfaches leichter für mich. Nur so, wie es jetzt ist, gibt es keinen Ausweg. Behutsam löse ich die wunderschöne Maske, die mein Gesicht in dieser Nacht zierte, und lege sie zurück in ihre Schachtel. Ich entledige mich der Schuhe und streife mir den dünnen Stoff des Seidenmantels, der neben meinem Spiegel hängt, über die Schultern ein Gefühl von Erleichterung macht sich in mir breit.

Hier in diesem Raum kann *er* mir nichts anhaben. Es ist der einzige, zu dem *er* keinen Zutritt hat, in dem *er* mich nicht sehen kann. Überall sind Kameras angebracht, die jeden meiner Schritte beobachten.

Nur hier sind keine.

Hier kann ich ich selbst sein, ohne Angst zu haben, dass er mich verfolgt. Mein Blick schweift über mein Hab und Gut, welches ich versuche, hier aufzubewahren. Versteckt vor *seinem* neugierigen Blick. Meine nackten Füße bringen mich in das kleine, angrenzende Bad, und allein hier weiß ich, dass *er* da ist. Mich beobachtet. So schnell ich kann, schminke ich mich ab und begebe mich in die Küche. Doch ich komme nicht weit, da stockt mein Atem, als ich das Paket auf dem Tisch sehe. Mein Körper spannt sich unweigerlich an, sind es doch *seine* Farben. Schwarz und Blau. Auch die Karte, welche unter der riesigen Schleife steckt, ist nicht zu übersehen. Nur mit zitternder Hand kann ich sie darunter hervorziehen. Das Zittern lässt nicht nach, als ich die handgeschriebenen Worte in mich aufnehme.

Gute Show heute Nacht. Doch mir gefällt nicht, wie du ihn ansiehst. Ich hoffe, es ist dir klar, dass du diesen Mann nicht wiedersehen wirst. Du kennst die Regeln, einmal und nie wieder. Oder willst du dir Gedanken darüber machen, was ihnen passiert, wenn du dich anders verhältst? Zieh das morgen für mich an, sie sollen sabbern.

Seine Worte sind klar und deutlich. Es fühlt sich an, als würde *er* es jede Nacht schreiben. Hinweise auf falsches Verhalten sind selten. Seine Strafen folgten bisher meist ohne Vorwarnung. Behutsam öffne ich die kleine Schachtel, und zum Vorschein kommt ein azurblauer BH mit passenden Hotpants, ebenso eine Maske in derselben Farbe. Sie ist wunderschön, ebenso wie die teure Unterwäsche, und doch ekelt es mich, wie jede Nacht, an. *Er* beobachtet mich, egal, was ich tue. Nur durch *ihn* bin ich, wer ich bin. *Er* hat mich geformt und mir jegliche Gefühle gestohlen. Es ist keinesfalls schwer, *seiner* Anweisung zu folgen, weiß ich doch selbst, dass ich diesen anderen Mann nicht wiedersehen darf. Den Schmerz des Verlustes kann ich dennoch nicht verdrängen. Keine Möglichkeit mehr zu haben, frei darüber zu entscheiden oder zu handeln. Und sei es, mit wem ich meine Zeit verbringe.

Zander

Ich weiß, dass sie weg ist, und doch denke ich nicht im Traum daran, dieses Bett zu verlassen. Nicht, weil ich müde oder kaputt bin. Sicherlich würde ich es bis nach Hause schaffen und dort im Schlaf von ihr träumen. Allerdings riecht es hier nach ihr und dem atemberaubenden Sex dieser Nacht. Es ist, als würden ihre sinnlichen Lippen noch immer um meinen Schaft liegen und ihn so genüsslich bearbeiten. Ebenso fühle ich ihre Hände auf meiner Haut, den Blick, der sich in meinen bohrt, und die Stimme, die nur durch mich so leidenschaftlich verzerrt ist. Nie im Leben hätte ich mir erträumen lassen, dass ich in der ersten Nacht hier genau so etwas erleben würde, und ich würde mich jetzt ohrfeigen, hätte ich gekniffen. So wie es der eigentliche Plan vorsah.

Es muss doch die Möglichkeit geben, sie hier wiederzufinden. Ein Mensch kann keinesfalls einfach spurlos verschwinden. Darüber werde ich mir Gedanken machen, wenn ich mich von dieser Matratze erheben kann. Das Einzige, was ich in diesem Moment weiß, ist, dass ich sie wiedersehen muss. Egal, was dafür nötig sein wird, sie kann nicht vor mir weglaufen.

Es dauert eine Weile, bis ich es tatsächlich schaffe, meinen müden Körper aufzuraffen und auch gleich danach meine Shorts aufzuheben. Während ich sie über die leicht zitternden Beine ziehe, blitzen Erinnerungen vor meinem inneren Auge auf. Wie sie überwältigt von ihrem Orgasmus gegen die Scheibe gelehnt stand, ihren unglaublichen Arsch in meine Richtung ausgestreckt, den Rücken durchgestreckt. Natürlich sah ich auch das Schauspiel direkt hinter der Scheibe. Wäre es jemand anderes gewesen, so hätte meine Aufmerksamkeit nur auf dieser Frau hinter der Scheibe gelegen, wie sie ohne Rücksicht von diesen beiden Kerlen gevögelt wurde. Und doch konnte ich meine Augen nicht von ihrem Körper nehmen, erst recht nicht, nachdem sie sich gefangen hatte und zu mir drehte. Ihre entblößten Brüste waren eine Klasse für sich, noch nie hatte ich solch perfekte Exemplare gesehen. Wie eine Katze war sie zu mir gekommen und was danach kam, raubt mir noch immer die Sinne.

Energisch schüttle ich den Kopf, denn würde ich das Kopfkino weiterlaufen lassen, müsste ich mich mit einem Ständer durch die Menge zu meinem Auto kämpfen. Auch wenn hier viele heiße Frauen sind, so würde an diesem Abend keine mehr an dieses Zungenspiel rankommen. Ich habe keine Ahnung, wie spät es ist, wie viele Menschen sich draußen noch aufhalten oder wo ich Leonard wiederfinden soll. Er muss mir auf jeden Fall Rede und Antwort stehen, ist er doch normalerweise genauso wie ich ein Stubenhocker, der von erotischen Frauen nur träumt. Es mag verrückt klingen, doch in diesen Gemäuern, kommt es mir überhaupt nicht mehr anrüchig vor, so offen über dieses Thema nachzudenken.

Natürlich habe ich in meinem Leben schon Sex gehabt, doch nichts kann jemals mit dieser Erfahrung mithalten. Noch nie habe ich mit jemandem darüber gesprochen, was ich mir

28

wünsche, habe mich immer den Partnerinnen angepasst und mir nicht genommen, was ich wollte.

Aber diese Welt hier, tief verborgen in der Dunkelheit der Nacht, ist reizvoller, als ich es je hätte zugeben können. Und doch ist mir klar, dass, sobald die Sonne wieder aufgeht, ich kein Anderer bin oder sein kann.

Die Verschwiegenheitsklausel schreibt es vor. Und wem soll oder könnte ich schon davon erzählen atemberaubenden Sex mit einer fantastischen Frau gehabt zu haben, während nebenan ein Dreier lief, beide Räume nur durch eine Scheibe getrennt? Wer würde mir glauben, dass ich mit einer Frau getanzt habe, die währenddessen von einer anderen in höchster Kunst befriedigt wurde, inmitten einer Menschenmenge, in der alle nur Unterwäsche und kunstvolle Masken tragen?

Genug Personen würden mich als eklig und verabscheuungswürdig ansehen, als würde ich auf komische Dinge stehen. Geben sich die Menschen noch so offen, solche Erfahrungen sind doch zu viel des Guten. Ohne nach links oder rechts zu sehen, bahne ich mir den Weg durch die Menge. Natürlich entgehen mir keinesfalls die Blicke, männlich wie weiblich, und doch kann ich mich in dieser Nacht auf niemanden mehr konzentrieren. Mir ist klar, dass ich hierher zurückkehren muss, um eine Chance zu haben, sie zu finden. Schaffe ich das nicht, will ich etwas anderes probieren. Ein Grinsen schleicht sich auf meine Gesichtszüge bei dem Gedanken daran, was hier alles möglich ist. Endlich habe ich den Garderobenbereich, wenn man es so nennen will, erreicht und lege das Bändchen vor.

Umgehend werden mir die Kleider gereicht, und ich begebe mich in eine der geräumigen Umkleidekabinen. Als wüssten sie, wie ausgelaugt man ist nach einem Besuch hier drin, stehen ein Glas und eine Kanne Wasser bereit. Erst jetzt spüre ich den Drang danach, etwas zu trinken, und während ich versuche, ohne große Anstrengungen in meine Sachen zu gelangen, leere ich den gesamten Krug. Ein Blick auf das Handy verrät mir auch endlich die Zeit. Hätten Leonard und ich nicht ausgemacht, morgen einen Tag Pause einzulegen, wäre ich in leichte Panik verfallen. Doch so stört es mich kein Stück, das es schon 02.00 Uhr ist. Endlich angezogen begebe ich mich aus der angenehmen Räumlichkeit und staune nicht schlecht, als ich einen völlig kraftlosen Leonard vor mir stehen sehe. Er ist bereits umgezogen, und ich kann meine Überraschung nur schwer verbergen. Denn bei der Größe des Objektes ist es unmöglich, jemanden so schnell wiederzufinden.

Als er mich erblickt, ziert sein Gesicht ein wissendes Lächeln, und ohne ein Wort machen wir uns auf zu meinem Auto.

Die Rückfahrt verläuft still, und es stört mich keinen Augenblick. Immer wieder wandern meine Gedanken zu den grünen funkelnden Augen hinter dieser traumhaft schönen Maske, voller Leidenschaft und Lust, dass es mir schon wieder den Atem raubt.

"Und, hat es sich gelohnt?", bricht Leonard nach einiger Zeit doch die Stille und das Grinsen ist deutlich zu erkennen.

"Wahrscheinlich genauso sehr wie für dich, was?", gebe ich lediglich zurück, will ich doch meine Nacht nicht mit ihm teilen.

"Aber so was von. Ich hoffe, dass nächste Mal muss ich nicht so betteln, dass du mitkommst." Noch immer lächelt mich mein bester Freund an und ich nicke einfach. Was soll ich schon groß sagen, überlege ich doch jetzt schon, wann das nächste Mal sein kann.

"Also ich hatte ja viel erwartet dort drin, aber das hat wirklich alles übertroffen. Was glaubst du, würden die anderen sagen, wenn wir ihnen davon erzählen?"

"Spinnst du? Du weißt genau, dass wir das nicht dürfen, und zweitens, willst du wirklich, dass sie uns so sehen? Du und ich sind keine Weiberhelden und plötzlich sind wir Mitglied in so einem Club? Auch wenn es mir gefallen hat, so bin ich eher dagegen, das Ganze zu verbreiten." Wieder habe ich Zweifel, was unsere Umwelt von uns denken würde, wüssten sie, was wir da treiben. Klar, jeder hat seine Fantasien, doch ich kenne nur wenige, die sie auch wirklich ausleben. Es soll besser unser kleines Geheimnis sein.

"Okay, Okay, du hast ja recht. Ich habe keine Ahnung, wie ich Ellen wieder unter die Augen treten soll." Ellen und Leonard treffen sich seit ein paar Monaten, aber beide haben sich dazu entschieden, es langsam angehen zu lassen. Seine Furcht, was sie sagen würde, dass er einfach nicht mehr warten kann, ist berechtigt, jedoch warum soll er es erwähnen. Sie würde unter keinen Umständen etwas davon erfahren, auch wenn ich Leonard niemals so eingeschätzt habe, werde ich ihn nicht verraten, wenn er dieses doppelte Spiel weiterspielen will.

"Fantasie und Realität können so oft so weit auseinanderliegen. Verhalte dich normal. Ihr seid doch nicht zusammen, das habt ihr gemeinsam beschlossen, also mach dir keinen Kopf. Und genau dafür waren wir doch dort. Es ist ein Geheimnis, verboten und verpönt. Also halt einfach die Klappe. Du kannst ja aufhören, wenn sie dich ranlassen sollte", zwinkere ich ihn an und bekomme dafür einen Schlag auf den Hinterkopf.

"Das ist nicht lustig. Ich mag sie wirklich und habe das Gefühl, sie betrogen zu haben." Er klingt bemitleidenswert, ist aber selbst schuld an seiner Situation.

"Willst du mich eigentlich verarschen? Seit Wochen willst du mich überreden da hin zufahren, hast dann eine fantastische Nacht, würde ich vermuten, und heulst rum? Dazu hab ich echt nichts zu sagen." Es nervt mich, dass er sich schlecht fühlt wegen etwas, das Ellen niemals rausfinden wird.

"Du hast ja recht. Ich sollte einfach abwarten", seufzt er schlussendlich und für den Rest der Fahrt ist er wieder still. Er schläft die Nacht in meinem Gästezimmer, und auch wenn wir morgen freihaben, wollen wir wenigstens unsere Unterlagen durchgehen. Wir haben interessante Kataloge erhalten und müssen die nächsten Schritte planen.

***

Der nächste Morgen kommt viel zu schnell, und doch wecken mich die warmen Sonnenstrahlen sanft. Die Erinnerungen an letzte Nacht sind auf keinen Fall verblast, erscheinen jetzt doch eher wie ein fantastischer Traum. Ohne lange zu murren, schiebe ich meine Füße unter der warmen Bettdecke hervor und gehe leise zum Bad. Auch wenn es schon fast Mittag ist, will ich Leonard im Gästezimmer keinesfalls wecken, sollte er tatsächlich noch von seiner Eroberung gestern träumen. Selbst bei Tageslicht kann ich die funkelnden Augen dieser Lady nicht vergessen und gehe samt meinen Überlegungen duschen.

Das heiße Wasser weckt meine müden Lebensgeister und ich komme endlich wieder im Hier und Jetzt an. Letzte Nacht bleibt mir in guter Erinnerung, doch ob wir wirklich noch einmal dahin zurückkehren werden, darüber bin ich mir nicht mehr sicher. Leonard schläft wirklich noch, also bereite ich uns erst mal ein ordentliches Frühstück, mit allem, was dazugehört.

Nach einer halben Stunde ist der Tisch mit Kaffee, Rührei, Brötchen, Marmelade, Weintrauben, Milch, Wurst und Käse gedeckt, und anscheinend muss der köstliche Geruch, der mir das Wasser im Munde zusammenlaufen lässt, auch Leonard geweckt haben.

"Guten Morgen", murmelt er und lässt sich auf einen der Stühle fallen.

"Einen wunderschönen guten Morgen wünsche ich auch dir. Hast du gut geschlafen?", plappere ich völlig untypisch für mich los. Aber ich fühle mich so frisch und wach wie seit Wochen schon nicht mehr.

"Könntest du bitte deinen mit schwarzer Tinte verzierten Körper auf einen der Stühle platzieren, den Mund halten und einfach essen?", kommt es grummelig von meinem besten Freund zurück, doch das trübt meine Laune überhaupt nicht. Schnell komme ich seinem Wunsch nach und beginne, in angenehmer Stille zu essen.

***

"Also was denkst du? Wo sollten wir uns zuerst blicken lassen? Paris oder Rom?" Wir haben uns an den großen Tisch im Wohnzimmer gesetzt und blättern einige der Kataloge durch. Viele Künstler reißen sich darum ihre Werke bei uns ausstellen zu können, und der Gedanke an ein Wochenende in Rom steigert meine Laune nur noch mehr. Bin ich in dieser Nacht ein wenig vom Wege abgekommen, so schlummert tief in mir ein wahrer Romantiker.

"Ich denke, wir sollten in Rom beginnen und danach direkt in Paris haltmachen, bevor wir nach Hause fliegen. Die Kunstwerke der beiden passen für mich gut zusammen, vielleicht könnten wir Paolo und Richard davon überzeugen, eine gemeinsame Ausstellung auf die Beine zu stellen. Sie könnten neue Kontakte knüpfen, der Kreis der potenziellen Käufer würde sich verdoppeln. Was denkst du?" Immer wenn Leonard von einer seiner Ideen begeistert ist, leuchten seine Augen wie die eines Kindes. Er sieht so glücklich aus und ist voller Tatendrang. So kann er jeden überzeugen, und ich überlege jetzt schon, welche Cateringfirma wir für dieses Event benötigen werden.

"Ich stimme dir voll und ganz zu. Buchst du die Flüge und ich suche Hotels und vereinbare die Termine mit beiden? Wann denkst, du können wir los?" Einmal von ihm angesteckt, bin auch ich schon mitten in der Planung.

"Na ja, spätestens nächsten Freitag sollten wir fliegen. Was denkst du?" Kurz überlege ich, welche Termine für die nächste Woche anstehen, und nicke dann.

34

"Dann wäre das ja geklärt", schließe ich unsere Besprechung und freue mich.

Viola

Sonnenstrahlen erhellen den einzigen, sicheren Zufluchtsort und lösen ein Kitzeln auf meiner Haut aus. Lange haben mir die Gedanken den gewünschten Schlaf verwehrt, kreisten sie doch immer wieder um diesen einen Mann. Diese warmen braunen Augen, die mich schier in ihren Bann zogen, haben sich mir in den Kopf eingebrannt. Ebenso jede einzelne schwarze Linie auf seinem Körper. Seine Tattoos lassen ihn noch dunkler erscheinen und passen perfekt zu ihm. Resigniert stoße ich die angestaute Luft in meinen Lungen aus und will einfach nur vergessen. Nicht auszumalen, wenn *er* mitbekommt, an wen ich denke. Auf der anderen Seite, wie soll *er* das rausfinden? *Er* kann sich zwar in mein Leben einmischen, mir vorschreiben, was ich wie zu tun habe. Aber in meinem Kopf und auf meine Gedanken hat *er* keinen Einfluss. Dennoch muss ich den Typen der Nacht vergessen oder wenigstens verdrängen.

Heute steht ein neuer Abend bevor. Eine erneute Show, abermals ein Opfer. So sehr ich es auch genieße, begehrt zu werden, so sehr verabscheue ich es, keine freie Wahl zu haben. Seufzend stehe ich endlich auf und lege mir wie schon in der Nacht den seidenen Morgenmantel über die Schultern, richte mich auf. Bloß keine Schwäche zeigen. So begebe ich mich mit gestrafften Schultern und selbstsicherem Gang in die Küche und weiß sofort, dass *er* mich beobachtet.

Meine Füße finden ihren Weg zur Kaffeemaschine, in der bereits frischer Kaffee auf mich wartet, wie jeden Tag. Schon lange habe ich aufgegeben nachzufragen, wer hier in meinen Gemächern rumschleicht. Ich finde mich einfach mit der Tatsache ab, dass sobald ich aufstehe, der Kaffee fertig ist, mein Kühlschrank mit frischem Obst und Gemüse gefüllt wurde oder im Bad neue Rasierer, Öle und Shampoos vorzufinden sind. Ebenso wird mir meine Garderobe vorgegeben. Wie lange ich dieses Objekt nicht mehr verlassen habe, weiß ich schon gar nicht mehr. Und mit jedem weiteren Tag hier drin vergesse ich, wie es war. Das Leben vor *ihm.*

Bereits das zweite Mal an diesem Morgen schüttle ich ergeben den Kopf und finde mich einfach mit der Situation ab. Was soll ich anderes tun? In den ersten Jahren hier habe ich mir jeden möglichen Fluchtplan überlegt, ausgemalt und auszuführen versucht. Jedes einzelne Mal war die Bestrafung heftiger. Ich lernte, den Schmerz zu genießen, freundete mich mit dem Gedanken der zur Verfügung gestellten Macht an und machte diesen Club zu etwas Besonderem.

Jahre vergingen, und ich wurde gierig nach der Aufmerksamkeit der Geschlechter, die sich danach verzehrten, meine nächsten Opfer der Nacht zu werden. Dass *er* mich zu dieser Frau machte, konnte ich erst nach Monaten verdrängen und konzentrierte mich nur noch darauf, mein Baby zu etablieren und voranzubringen. Dieser Verdrängungsmechanismus bewirkte auch, dass ich mich kaum daran erinnern kann, wie alles begonnen hat.

Das Einzige, was ich weiß, ist, dass ich *ihn* noch niemals zu Gesicht bekommen habe. Meine Strafen werden durch die Angestellten ausgeführt. Wie viele Schwänze ich als Strafe lutschen musste und dabei fast erbrach, weiß ich ehrlich nicht mehr. Und auch, wie oft sie mich folterten, kann ich keinesfalls benennen. Und will es auch gar nicht. Würde ich darüber nachdenken, wäre es mir unmöglich, weiterzumachen.

Er hat mich mit diesen Strafen brechen wollen und ich bin kurz davor aufzugeben. Alles, was ich weiß, ist, dass es *ihm* gefällt, mich zu quälen und mir dabei zu zusehen, wie ich vor Geilheit und Schmerzen das Gesicht verziehe. Denn genau das lässt *er* mich wissen. Jede Nacht teilt *er* mir mit, wie sehr *er* genießt, mich zu beobachten. Mancher Mensch würde *ihn,* und ebenso mich, als widerwärtig ansehen, genau das ist es auch. Nur fällt mir keine andere Möglichkeit ein, das alles hier zu überstehen.

Ein Vibrieren auf der Theke holt mich endlich aus dem Strudel dieser Gedanken heraus, und so langsam wie möglich überbrücke ich den kleinen Abstand, bis ich es greifen kann. Nur wenige Personen haben diese Nummer, und nur eine Person schreibt SMS. Der Ekel übermannt mich schon allein bei der Vorstellung daran, was *er* von mir will. Mit leicht zitternden Fingern entsperre ich den Bildschirm und öffne die SMS:

Liebes, ich hoffe, dein Schlaf war erholsam. Noch immer genieße ich die Bilder deines Körpers in Ekstase. Tu mir den Gefallen und geh baden. Ich will sehen, wie du dich berührst.

Gekonnt schlucke ich den aufkommenden Brechreiz runter, entferne mich aus der Küche und gehe ins Bad. Ist es mir auch unangenehm, von *ihm* beobachtet zu werden, so graust mir noch mehr davor, was geschieht, sollte ich *seinem* Wunsch nicht nachkommen. Mein Blick wandert durch den kleinen Raum und sofort erkenne ich das heutige Geschenk. Ein Vibrator liegt auf der Ablage der Badewanne, ebenso ein Schaumbad. Es bringt nichts, zu lange darüber nachzudenken. Ich weiß, *er* will es so, und ich weiß auch, dass die Schmerzen, die ich erfahren würde, schlimmer wären, als zuvor.

Es ist nicht das erste Mal, dass *er* so etwas von mir fordert, also stelle ich die Musik leise an, und während das Wasser die Wanne füllt, bewege ich im Takt des Liedes den Körper, schiebe elegant den dünnen Mantel von meinen Schultern, schließe die Augen halb und blicke direkt in die Kamera über der Tür. Natürlich weiß ich, wo sie sind, selbst auf der Toilette, bin ich nicht allein.

Meinen Tanz weiter vollführend, lasse ich die Finger über meine Haut wandern, steige dabei in das heiße Wasser und setze mich. Schon vor langer Zeit habe ich meine Scham vor diesem Unbekannten abgelegt. Wozu auch das Ganze, wenn ich am Ende auf meine Kosten komme? Natürlich ist es unangenehm, auf Schritt und Tritt in *seinem* Blick zu sein, tun zu müssen, was *er* von mir verlangt oder *seine* Strafen über mich ergehen zu lassen. Doch ich habe mir geschworen, dass *er* mich nicht brechen wird.

Niemals.

Das Wasser fühlt sich angenehm auf der Haut an. Sanft lasse ich meine Finger über meinen Körper wandern, und massiere leicht meine Brüste. Ein Stöhnen entflieht mir leise, als ich meine Nippel zwischen Daumen und Zeigefinger zwirble.

Obwohl ich jede Nacht von *ihm* zum Sex gezwungen werde, weiß ich dennoch genau, wie ich es mir selbst machen kann. Obwohl es für *ihn* ist, kann ich mich selbst trotzdem gut genießen. Meine Hände gehen weiter auf Wanderschaft, bedenken jeden Zentimeter Haut mit einer Streicheleinheit, bis ich zwischen meinen Schenkeln ankomme.

Zaghaft, die Unterlippe zwischen meinen Zähnen, die Augen geschlossen, streiche ich mit der rechten Hand über meinen Venushügel und tauche immer wieder leicht mit einem Finger in meine Mitte. Der Biss auf meine Lippe verstärkt sich, als ich beginne, in mich zu stoßen und dabei meinen Kitzler, wie er gestern Nacht mit dem Daumen reize. Seine funkelnder Blick beobachtet in meiner Vorstellung genau mein Handeln, und ich will ihm eine gute Show bieten.

Immer noch mit geschlossenen Augen taste ich mit der freien Hand nach dem bereitgelegten Spielzeug und schalte es ohne Umschweife an. Ich entziehe mich mir selbst, wie schon in der Nacht, als er mit mir anscheinend fertig gewesen ist, kann ein enttäuschtes Keuchen nicht verhindern. Ich wünsche mir sehnlichst, dass es seine Hände wären, die meinen Körper liebkosen. Seine Härte, die mich erneut so gut fühlen lässt, dass ich abdriften kann.

Allein in seiner und meiner Welt. Und doch muss ich mich jetzt mit der Erinnerung seiner leicht rauen Finger zufriedengeben, während ich mit dem vibrierenden Spielzeug langsam und genüsslich in meine gierige Mitte eindringe. Er ist groß, und ich spüre die Vibration in jeder Faser meines angespannten Körpers, als ich mich in schnellem Tempo ficke.

40

Meine freie Hand findet erneut den Weg zu den harten Nippeln und leicht geschwollenen Brüsten, ich massiere sie und erhöhe so das Gefühl der Glückseligkeit. Mit harten Stößen dringe ich in meine Enge ein und bewege passend mein Becken dazu. Es tut gut, ich kann für einen Moment meinen Beobachter vergessen und stelle mir vor, dass es der Fremde der Nacht ist, der mich unersättlich vögelt. Ich kann deutlich spüren, wie sich die Anspannung in meinem Körper anstaut, und mit noch ein paar geschickten Stößen schicke ich mich selbst über meine persönliche Klippe. Heftig atmend verweile ich in stiller Position, das Gerät noch immer in meiner Mitte, das mich während meines ausklingenden Orgasmus weiterhin angenehm stimuliert. Ohne zu wissen, was mein Beobachter tut, kann ich *ihn* schon fast applaudieren hören. Sofort ekle ich mich vor mir selbst, so tief gesunken zu sein, mich selbst zu berühren, nur weil *er* es verlangt und sich daran aufgeilt.

Ich weiß nicht, wie lange ich noch einfach so da liege, das Gerät zwar wieder aus dem Wasser befördert, jedoch sonst keinen Zentimeter weiter bewegt. Es ist, als würde die Zeit stillstehen und gleichzeitig rennen. Mir ist klar, was die Aufgabe heute Nacht sein wird. So wie sie es jede einzelne Nacht ist. Nur weiß ich noch nicht, mit wem ich diese auszuführen habe. Nein, meine sogenannten Opfer suche ich mir zwar selbst aus. Jedoch nicht, in welcher Konstellation das Vergnügen der Dunkelheit stattfinden wird. Wie jeden Abend werde ich eine Nachricht von *ihm* erhalten, die mir sagt, mit wem ich es diese Nacht zu treiben habe.

Es gibt keine Verschnaufpause. Sobald die Sonne untergeht, der Mantel der Dunkelheit sich über die Welt legt, bin ich dazu angehalten, jede Nacht einer von *ihm* ausgewählten Person Freude zu bereiten. Es gibt weder Krankheit noch Unlust noch sonstige Ausreden oder Ablenkungen. Ich muss vögeln, und das allein zu *seinem* Vergnügen.

Erneut überlege ich mir, was die Außenwelt von einer Frau denken würde, die jede Nacht mit anderen Menschen Sex und dabei noch Spaß hat. Selbst wenn viele Menschen gern so tun, als wären sie offen und ohne Tabus, bei meinem Leben würde jeder die Nase rümpfen. Ich könnte es ihnen keinesfalls verübeln. Und doch habe ich mich damit angefreundet. Ich liebe es, Sex zu haben, soviel ich will, jede Nacht, ohne über die Konsequenzen nachdenken zu müssen. Auch wenn ich zu gern erfahren möchte, wie es anders wäre. Wenn es nervige Anrufe danach gäbe, oder sinnlose Dates, die zu nichts führen. All das muss ich nicht durchmachen und bin die meiste Zeit froh darüber. Jetzt aber frage ich mich, wie es wäre, eine normale Frau zu sein, die die normalen Schritte des Kennenlernens durchschreitet.

Und dann gehört dieser Club mir.

Ich weiß nicht, wieso *er* es getan hat. Aber eines Tages lag eine Eigentumsurkunde des Gemäuers, sowie des Clubs und allem, was dazugehört, in meiner Küche. Mir ist unklar, ob *er* mich damit noch mehr an sich binden will. Aber das Ganze dort unten ist mein Baby. In dem ich gefangen bin.

Ein zweites Mal an diesem Tag werde ich durch ein Klingeln aus meinen Gedanken gerissen und ich hieve mich vorsichtig aus dem bereits abgekühlten Wasser. Für einen kurzen Moment stehe ich nackt in der Wanne und betrachte mein Bad. Die Wände und der Boden sind mit schwarzen Fliesen ausgestattet, die beim richtigen Lichteinfall leicht golden schimmern. Es besitzt ein großes, altmodisch gestaltetes Fenster, woraus man einen wundervollen Ausblick auf den angrenzenden Park des Schlosses hat.

Nur einmal war ich dort unten. An dem Tag, an dem alles begann. Die Erinnerung verdrängend, zwinge ich mich letztendlich doch, auf die angewärmten Fliesen -- ein Hoch auf die Fußbodenheizung -- zu treten und wickle mich in eines der weinroten Badetücher. Diese Farbe ist in der gesamten Wohnung vertreten, nachdem *er* bemerkte, dass es meine Lieblingsfarbe ist. Nur in einem Handtuch verlasse ich das Bad. Kurz bevor ich die Küche betrete, entscheide ich mich um und ziehe mir doch erst eines der kleinen schwarzen Negligés an, die meinen Schrank ausstatten. Wer weiß, wer auf mich wartet und vielleicht schaffe ich es so, diesen einen Typen aus meinem Kopf zu kriegen. Das Oberteil ist eng und puscht meine ohnehin üppige Oberweite um ein vielfaches. Ich fühle mich stark, sexy, unantastbar und selbstsicher in diesen Klamotten und kann so vergessen, weswegen ich hier bin. Umgezogen begebe ich mich nun auf den Weg in die Küche und erkenne eine zierliche, hübsche junge Frau in einer Uniform, die anscheinend dem Catering zuzuordnen ist. Meine Augen begutachten den Körper, der in diesem Aufzug gut zur Geltung kommt. Sofort flammt in mir der Wunsch auf, herauszufinden, wie sie schmeckt.

"Guten Tag, Miss Dennehy, bitte entschuldigen Sie die Störung, aber wir müssen noch den Plan für heute Abend durchgehen." Ihr Blick ist gesenkt, fast unterwürfig, und immer mehr gefällt mir der Gedanke, sie meine Ablenkung werden zu lassen.

"Natürlich können wir das tun. Wie ist dein Name?" Meine Stimme ist rau, tief und ich kann deutlich erkennen, wie sich eine leichte Gänsehaut auf ihren Armen bildet, während ich spreche. Mit wenigen Schritten stehe ich direkt hinter ihr und streiche ihr sanft die Haare aus dem Nacken. Meine Berührungen lassen sie zusammenzucken und erneut erschauern, was mich anfeuert.

"M-mein N-Name ist ...", versucht sie stockend, die Frage zu beantworten, stoppt jedoch in dem Moment, als meine Lippen auf ihre Haut prallen.

"Du wolltest etwas sagen", fordere ich sie erneut auf, als ich meine Zunge über ihre Haut gleitet, was sie nur noch mehr erzittern lässt.

"Mila", presst sie hervor, und ich kann deutlich raushören, wie sehr ich sie durcheinanderbringe. Meine Hände finden wie von selbst den Weg zu ihrem Oberteil und ich beginne, behutsam die Knöpfe der Uniform zu öffnen.

"Sag mir Mila ...", setze ich an, während ich weiterhin kleine Küsse auf ihrem Nacken verteile und die Bluse seinen Weg zum Boden findet "... ist dir unangenehm, was ich hier mache?" Ich weiß die Antwort von vornherein, will aber, dass sie es sich selbst eingesteht. Sie ist so unschuldig, allein ihre Haltung ist so schüchtern, was mich noch mehr anturnt.

"Gefällt es dir, wenn ich dich hier berühre?", fahre ich unbeirrt fort, während meine Hand sich um ihre von dem dünnen Stoff des BHs verdeckte Brust legt und sie leicht massiert. Erneut schnappt sie nach Luft, als mein Daumen über die erregte Knospe streicht.

"Mila, sag mir, wurdest du schon so berührt?", stelle ich weiter meine Fragen, als meine freie Hand unter ihren Hosenbund gleitet und ebenso sanft, wie mein Daumen eben ihren Nippel ihre weiche Haut unter ihrem Slip liebkost. Ihr Körper lehnt sich gegen meinen, als ich meine Tortur fortsetze und den Druck auf ihre Mitte erhöhe. Die Feuchtigkeit, die sich langsam, aber sicher bildet und ihre Unterwäsche tränkt, zeigt mir deutlich, wie sehr es sie anmacht, was ich mit ihr anstelle. Mir gefällt die Tatsache, dass ich wahrscheinlich die Erste bin, die sie so berührt. Ohne Umschweife schiebe ich den störenden Stoff zur Seite und genieße das Gefühl ihrer glatten, weichen, feuchten Haut. Ihr Zucken, als ich ihren Kitzler streife, bestätigt mir ein weiteres Mal, dass ihr gefällt, was ich mit ihr anstelle. Noch immer massiert die andere Hand ihre kleinen, straffen Brüste, deren Knospen hart aufgerichtet sind und nach meinen Berührungen beinahe flehen. Sie hat mir keine Antworten gegeben, so leicht will ich es ihr eigentlich nicht machen. Meine Zähne ziehen ihre Träger des BHs von den Schultern, ich löse meine Hand kurz von ihr, um den Verschluss zu öffnen.

Langsam streiche ich über ihren Körper, berühre jeden Zentimeter Haut, während mein Daumen unermüdlich über ihre Perle reibt, sie reizt und Mila ein leises Stöhnen entlockt. Ich selbst kann bereits spüren, wie mein Unterleib sich genüsslich bei ihren Geräuschen zusammenzieht. Aber erst muss sie noch etwas leiden.

Ohne Vorwarnung entferne ich mich einige Meter und lasse sie einfach stehen. Mein Blick liegt auf ihr, während sie, erschrocken auf keuchend, nach Halt sucht, da ich mich von ihr weg bewege.

Ein Lächeln stiehlt sich auf meinen Mund, während ich ihren suchenden Blick bemerke, der sich in meinen brennt, als er mich findet. Fragend sieht sie mich an, was mich nur noch breiter lächeln lässt.

"Du hast meine Fragen nicht beantwortet. Wieso sollte ich jemanden weiter beehren, der so unhöflich ist?" Ich lege meinen Kopf ein wenig schräg, verdunkel meinen Blick und setze eine ernste Miene auf. Halb nackt steht sie vor mir, der Blick verwirrt, flehentlich, und mit jeder Sekunde, die verstreicht, male ich mir mehr aus, was ich alles mit ihr anstellen kann. Als würde irgendetwas in ihrem Kopf klick machen, schüttelt sie den Kopf und kommt mit kleinen Schritten auf mich zu.

"Mein Name ist Mila, ich arbeite seit zwei Jahren für Ihr Cateringunternehmen, ich wurde noch nie von einer Frau so berührt, eigentlich wurde ich noch nie *so* berührt." Sie steht direkt vor mir, ihr Blick durchdringend, ihre Worte gehen mir direkt zwischen die Schenkel. Sie ist unberührt und rein. Mh, wie gern ich sie verderben möchte!

Ob *er* mir erlauben würde, sie zu behalten? Erneut muss ich grinsen, bevor ich spreche.

"Na also geht doch. Ich möchte jetzt, dass du dich ausziehst und auf die Kante des Sofas setzt. Verstanden?" Meine Stimme ist überlegen und herrisch, aber es scheint ihr zu gefallen. Schnell hat sie sich ihrer Hose und ihrer Unterwäsche entledigt und platziert ihren kleinen Hintern auf der Kante des Sofas. Ich folge ihr gemächlich und stelle mich direkt vor sie.

"Knie dich hin", fordere ich sie auf und erneut gehorcht sie meiner Anweisung. Noch einen weiteren Schritt trete ich auf sie zu, sodass meine feuchte Mitte direkt vor ihrem Gesicht ist. Ein einziger Blick genügt und sie beugt sich ein wenig nach vorn. Ihre warmen Lippen fühlen sich fantastisch an auf meiner Haut, als sie schüchterne Küsse auf mir verteilt.

"Leg deine Hände auf meinen Hintern", weise ich sie weiter an, und auch dies befolgt sie. Ihre Hände sind klein und zart, sie traut sich kaum, mich zu berühren. Noch immer küsst sie meine Haut. Es fühlt sich gut an, doch so langsam werde ich ungeduldig. Ich lege meine Hände auf ihre und presse sie in mein Fleisch. Erschrocken blickt sie auf und trifft auf meinen funkelnden Blick.

"Entweder du gibst dir mehr Mühe oder das war's. Deine Entscheidung", herrsche ich sie an, und ihre Pupillen weiten sich ein wenig. Doch sie versteht und senkt ihren Kopf wieder zwischen meine Beine. Nur dieses Mal taucht sie ein wenig tiefer ab und leckt mit ihrer heißen Zunge durch meine feuchte Spalte. Ein Stöhnen entflieht mir, als sie es wiederholt und dabei noch tiefer dringt. Ihre Hände bewegt sie zusätzlich, lässt sie über meinen Po wandern, hinunter zu meinen Oberschenkeln, und schiebt meine Beine ein Stück weiter auseinander. Sie positioniert sich neu, wiederholt keuche ich auf, als ihre gierige Zunge in mich eindringt. Sie bewegt sie flink und gekonnt, sodass sie sicher gelogen haben muss bezüglich der Erfahrungen. Meine Finger krallen sich in ihre Haare, pressen ihr Gesicht mehr zwischen mich. Wieder und wieder dringt ihre Zunge tief in mich ein, sie saugt hart an meiner Perle.

"Oh mein Gott", stöhne ich, als ich ihren Finger über meine Spalte gleiten spüre. Doch dort bleibt er nicht. Während sich ihre andere Hand in das Fleisch meines Hinterns drückt, die Fingernägel bestimmt Spuren hinterlassen, verwischt sie die Feuchtigkeit zwischen meinen Beinen entlang zu meinem Hinterteil. Sie verteilt geschickt alles zwischen meinen Pobacken und streicht immer wieder bedacht darüber. Ich reagiere schnell, als ich ihre Hand wegschlage und sie tadelnd ansehe.

"Nicht so schnell", weise ich sie zurück und schubse sie danach auf das Sofa hinter ihr.

"Dreh dich um", fordere ich sie auf.

"Du hast mich angelogen. So wie du das machst, war das auf gar keinen Fall dein erstes Mal, und böse Mädchen müssen bestraft werden", teile ich ihr mit. Ich warte nicht lange, bis ich meine flache Hand auf ihren Hintern klatschen lasse. Sie schreit erschrocken auf, hindert mich aber nicht daran, als ich es wiederhole.

"Und wirst du mich wieder anlügen?", will ich wissen, worauf sie heftig den Kopf schüttelt. Erneut schnellt meine Handfläche auf das leicht gerötete Fleisch, und ich wiederhole meine Frage.

"Nein, werde ich nicht", presst sie heraus. Dieses Mal lege ich meine Finger nur auf ihrem Hintern ab und streiche ein paar

Mal zärtlich über den Abdruck, den meine Hand hinterlassen hat.

"Gut. Dann setz dich wieder auf", teile ich ihr mit, und sofort folgt sie meinem Befehl. Ich stehe noch immer direkt vor ihr, während sie sich von selbst hinkniet, sodass sie fast so hoch ist wie ich. Ohne ein Wort meinerseits senkt sie ihren Kopf und beginnt, meine Brüste und Knospen mit ihrer unersättlichen Zunge zu verwöhnen.

Zander

Der restliche Tag mit Leonard verläuft ruhig, wenn wir auch eine Flasche Bier nach der anderen geleert haben, bevor mein bester Freund nach Hause gegangen ist. Wir haben etwas zu feiern, denn wir sind uns sicher, dass aus unserer Idee etwas Großes werden kann. Die beiden Künstler sind jeder für sich allein schon anstrengend, und sie zusammenzubringen wird uns einiges an Nerven kosten. Doch sind wir bereit, genau dieses Risiko einzugehen. Der Erfolg ist uns nicht einmal so wichtig. Vielmehr geht es uns darum, verschiedene Kunstrichtungen miteinander zu verbinden, um den Künstlern aufzuzeigen, was durch eine Zusammenarbeit möglich ist. Mittlerweile sitze ich allein in meiner Wohnung und plane bereits die nächste Woche.

Ab morgen haben wir wieder volles Programm, wenn wir wirklich alles so weit vorbereiten wollen, dass wir am Freitag ins wunderschöne Italien fliegen. Natürlich haben wir Assistenten, die sich während unserer Abwesenheit um alles kümmern. Aber wir sind beide mit der Arbeit verheiratet und können schlecht Aufgaben abgeben.

Meine Wohnung ist dunkel, nur ein einzelnes Licht im Wohnzimmer erleuchtet den einsamen Raum. Auch wenn es mich nicht stört, allein zu leben, so wünsche ich mir für die Zukunft nichts sehnlicher als eine Familie. Kinder, die durch Zimmer rennen und freudig quietschen, wenn wir sie stoppen. Genauso stelle ich mir das Leben irgendwann vor.

Nur ist mir bis jetzt die richtige Frau dafür noch nicht über den Weg gelaufen, mit der wirklich alles passt, so wie es sein soll. Mir ist klar, dass ich wie ein Weichei klinge. Allein die Erinnerung an letzte Nacht lässt mich überlegen, ob ich vielleicht doch zum Macho mutieren soll. Doch tief in mir weiß ich, dass es das nicht ist, was ich auf Dauer möchte. Erneut schweifen meine, durch das Bier diffusen Gedanken zu dieser Frau und dem Feuer, das ihre Augen so zum Glühen bringt. Es ist nicht verwunderlich, dass mir ein solches Geschöpf noch nie begegnet ist, suche ich ja nicht extra danach.

Und doch hat sie mit dem, was wir gemeinsam erlebt haben, etwas geweckt, das anscheinend schon lange in mir schlummert. Der Drang nach Sex ist noch nie sonderlich groß gewesen. Natürlich gehört es zu einer Partnerschaft und trotzdem war es nie das Wichtigste für mich. Jetzt allerdings sehnt sich mein Körper bereits nach 24 Stunden wieder nach ihren vollen Lippen, die sich so unersättlich um meine Länge schließen.

Das darf doch nicht wahr sein, tadle ich mich selbst, als ich es einfach nicht verhindern kann, dass die gesamte Nacht mit ihr vor meinem inneren Auge wieder und wieder abläuft. Ich versuche es mit einem Schlag auf den Hinterkopf, will sie einfach nur wieder loswerden und so weitermachen wie bisher. Als es klingelt, denke ich schon, meine Rettung hat mich erhört und lenkt mich ab. Schnellen Schrittes begebe ich mich zur Tür und öffne diese wohl ein wenig zu überschwänglich. Denn als ich erkenne, wer wirklich davor steht, erstarre ich augenblicklich. Amy.

Meine Ex.

Ihr Blick ist auf den Boden gerichtet, die Haltung dennoch gestrafft.

"Amy", bringe ich irgendwann hervor, und endlich hebt sie ihren Blick. Erinnerungen flammen vor meinem inneren Auge auf, verdrängen die leidenschaftliche Nacht. Das gefällt mir ganz und gar nicht, denn diese Nacht hat etwas in mir verändert. Amys Augen bohren sich noch immer in meine, als sie einen Schritt auf mich zu macht. Wie aus Reflex trete ich einen zurück, da ich eigentlich nichts mehr mit dieser Frau zu tun haben möchte.

Nicht nur, dass sie mich monatelang betrogen hat, mit irgend so einem Typen aus dem Fitnessstudio. Nein, sie bestahl mich gleichzeitig und erleichterte mich um mehrere Tausend Dollar. Der Schmerz sitzt noch immer tief, auch wenn das Ganze bereits genauso lange her ist, wie es angedauert hat. So langsam fange ich mich wieder und bedenke sie mit einem abschätzigen Blick. Mehr habe ich einfach nicht mehr übrig für sie.

"Was willst du hier?" Meine Frage ist direkt und lässt keine Ausflüchte zu. Trotzdem wird sie es schaffen, mir auszuweichen, das Blaue vom Himmel erzählen und versuchen, mich um den Finger zu wickeln. "Bringt es dein Stecher nicht mehr?", stichle ich weiter, weiß ich doch genau, dass diese Flachpfeife im Bett so gut ist, wie eine Scheibe Brot.

Amy versucht, verletzt zu wirken, was ihr eindeutig misslingt und eher erbärmlich aussieht.

"Ach Zanderlein, sei doch nicht so zu mir. Du weißt so gut wie ich, dass du mich auf keinen Fall einfach so wieder rausschmeißen würdest." Ihre Stimme ist süß wie Zuckerwatte, und genauso eklig ist das Gefühl, das sie damit in mir auslöst. Ich kann mir beim besten Willen nicht mehr erklären, wie ich mich je auf sie hatte einlassen können, warum ich sie einmal attraktiv und anziehend fand. Vor allem, wo ich jetzt weiß, was Verlangen wirklich bedeutet. Mein Blick bleibt unverändert und ich bewege mich keinen Zentimeter. Sie versucht, sich an mir vorbeizuschieben, doch ich hindere sie schnell daran und schubse sie ein Stückchen zurück.

"Was soll das?", meckert sie. Es ist ihr anzumerken, dass sie nicht mit meiner Ablehnung umgehen kann. Diese Erkenntnis lässt mich nur noch sicherer werden. Zu lange habe ich mich von ihr verarschen lassen. Das wird mir so schnell sicher nicht nochmal passieren.

"Vergiss es, Amy, entweder du sagst mir, was du willst oder du machst Bekanntschaft mit dem Türblatt", blaffe ich zurück und bin stolz auf meine Ansage. Noch nie habe ich ihr gegenüber so reagiert. Aber diese letzte Nacht kitzelt mein Selbstvertrauen hervor. Im Stillen danke ich der schönen Unbekannten dafür und funkle sie weiterhin herausfordernd an.

"Zander, ich weiß nicht, wie oft ich es noch sagen soll, wie leid mir das alles tut. Du musst mir glauben, ich würde dir das auf keinen Fall noch einmal antun. Dich zu verlieren war das Schlimmste, was mir je passieren konnte. Du warst das Beste in meinem Leben, was ich hatte. Und - ich vermisse dich - uns", weint sie. Wäre sie vorgestern hier aufgetaucht, hätte ich vielleicht ernsthaft nach dem Fünkchen Wahrheit in ihren Worten gesucht. Doch jetzt prallt es einfach nur an mir ab. Warum, weiß ich beim besten Willen nicht. Als ich einfach nicht reagiere, versucht Amy es auf einem anderen Weg und legt ihre kleine Hand auf meine Brust.

Sanft streichen ihre Finger über den Stoff und wollen irgendeine Reaktion hervorkitzeln. Nur ist es mir immer noch egal. Kein Stück kommt sie an das ran, was die Berührungen der fremden Schönheit in mir ausgelöst haben. Fast schon ekle ich mich vor ihr. Dabei ist sie keine hässliche Frau. Ihre Haare sind jetzt ein wenig kürzer als vor ein paar Monaten. Und blonder sind sie ebenfalls. Zu meinem Unmut schminkt sie sich viel auffälliger. Ihre Lippen sind unnatürlich rot, die Augen übertrieben dunkel und die Wangen zu pink. Sie sieht aus wie eine Puppe. Als wir uns kennenlernten, sah sie wirklich gut aus. Die Haare schulterlang, fast kein Make-up und immer ein Lächeln auf den Lippen. Für mich war es Liebe. Nur sah Amy das ein wenig anders, denn für zählte nur mein Geld. Etwas, das mich schwer traf, nachdem ich es herausfand, und das ich ihr bis jetzt nicht verzeihen kann. Sie wusste genau, wie sehr ich ihr vertraute, und nutzte es schamlos aus.

Nur, um jetzt vor mir zu stehen und mir das zu erzählen, was ich mir damals gewünscht hätte. Ich kann es ihr jetzt nicht mehr glauben.

Ihre Hand geht weiter auf Wanderschaft, zieht kleine Kreise an den Stellen, an denen sie meine Brustwarzen vermutet, und lässt sie zögerlich in Richtung meines Hosenbundes gleiten. Mir ist klar, was sie vorhat. Doch das neu entdeckte Arschloch in mir will wissen, wie weit sie gehen wird. Wenigstens einmal soll sie sich so erniedrigt fühlen, wie ich es jedes einzelne Mal getan habe, wenn sie mich abwies. Meine Augen folgen den Berührungen, während ihre Hand sanft über meinen Schritt gleitet und ihn massiert.

Natürlich reagiere ich darauf. Denn welcher Mann würde einer solchen Massage emotionslos entgegenstehen. Siegessicher grinst sie mich an, und ich kann nur vermuten, was sie wohl sagen wird, wenn sie erst mal mit ihrer Show fertig ist. Ihre dünnen Finger fummeln an Gürtel und Reißverschluss herum und schon im nächsten Moment bin ich Jeans und Shorts los. Es stört mich nicht im Geringsten, dass wir hier im Treppenhaus stehen. Schließlich wohne ich als einziger im Dachgeschoss. Ich verschränke die Arme vor der Brust und beobachte weiter gespannt ihr Handeln. Sie beginnt damit, kleine Küsse auf meiner V-Linie zu verteilen, bis sie ihre kalte Hand um meinen Schaft legt. Wieder sieht sie mich an und grinst.

"Ich wusste doch, du kannst dem nicht widerstehen", raunt sie, bevor sie ihre viel zu dünnen Lippen über meinen Schwanz stülpt. Ich unterdrücke ein Stöhnen, als ihre Zunge über meine Spitze gleitet, und auch als sie ihren Kopf bewegt, die Lippen meinen Penis stimulieren und ihre Hände meine Eier, in ihren Augen sicherlich leidenschaftlich, massieren. Für mich ist es eher unangenehm, denke ich doch wieder daran, wie perfekt meine Partnerin der Nacht ihr Zungenspiel beherrschte. Allein der Gedanke an sie lässt mich weiter hart werden, während Amy weiter meine Länge bearbeitet. Anders kann ich es einfach nicht beschreiben. Natürlich ist es keinesfalls unangenehm. Ich beginne mein Becken zu bewegen, stoße in ihren Mund und lasse sie würgen. Erschrocken blickt sie mich an und stoppt. Ihr Mund löst sich von mir und enttäuscht halte ich ihrem Blick stand. Wieder flammen die Augen der letzten Nacht vor mir auf, wie sie mich so tief wie noch keine andere aufgenommen hat. So leidenschaftlich und fantastisch meinen Schwanz befriedigt, ihre Augen immer mit meinen verbunden.

"Was soll der Scheiß, willst du, dass ich kotze?", motzt Amy, und ich kann mir ein Grinsen einfach nicht verkneifen. Wieso noch mal bin ich mit ihr zusammen gewesen?

"Entweder du beendest es so, wie ich es will, oder du kannst sofort verschwinden", gebe ich emotionslos zurück und kann sehen, wie sich ihre Augen weiten. Sie hat nicht mit dieser Reaktion gerechnet, wirkt aber auch beeindruckt und senkt ohne ein weiteres Wort des Meckerns ihren Kopf, nimmt mich, so tief es für sie möglich ist, in ihren Mund auf.

Wieder stelle ich fest, dass sie nicht im Geringsten an gestern Nacht herankommt. Langsam dämmert mir, dass mich diese Frau für alle Frauen nach ihr verdorben hat. Amys Bemühungen sind ehrenhaft. Doch bleibe ich allein dank meiner Erinnerungen hart und beginne erneut, mich in ihrem Mund zu bewegen, da es mir zu lange dauert und ich nicht die ganze Nacht hier draußen verbringen will.

Ich platziere meine Hände auf ihren Kopf, um diesen zu stützen, und nehme mir dann das, was mir all die Zeit verwehrt geblieben ist. Mit schnellen harten Stößen dringe ich immer wieder in ihren kleinen Mund ein, trotz allem darauf bedacht, ihr nicht wehzutun. Wir waren zwei Jahre ein Paar. Mein Plan war es, sie zu heiraten, bevor ich ihr auf die Schliche kam. Ich kann das Gefühl des Betrogenwordenseins zwar nicht abschütteln, doch sie ist eine Frau, die mein Herz für eine Weile zum höher Schlagen brachte. Es ist für sie erniedrigend genug, dass ich sie hier im Hausflur so abfertige. Da muss ich sie nicht auch noch verletzen. Obwohl sie dann vielleicht spüren würde, wie es mir damals ging.

Die Augen geschlossen, das Gefühl der letzten Nacht heraufbeschwörend, beende ich in wenigen Minuten, was Amy begonnen hat. Ohne ein Wort komme ich in ihrem Mund und bewege mich weiter in diesem. Sie soll es schlucken und sich so dreckig fühlen, wie ich es all die Monate es getan habe. Ohne eine andere Möglichkeit tut sie es und löst sich dann von mir. Schnell habe ich mich wieder angezogen und sehe sie abwartend an, als sie sich erhebt.

"Okay damit hab ich nicht gerechnet, aber mir gefällt diese Seite. Willst du mir vielleicht noch mehr davon zeigen? Du musst mir glauben, dass es mir leidtut." Sie will sicherlich verführerisch klingen, doch wieder kommt einfach nur dieser Widerwille ihr gegenüber auf.

"Ich glaube nicht", sind meine letzten Worte, bevor ich ihr die Tür vor der Nase zuschlage. Ganz egal, was ihre wirklichen Beweggründe waren, hier aufzutauchen. Mit dieser Aktion hat sie sich ihre Möglichkeiten verbaut. Sie hätte einfach sie selbst sein sollen. Das Mädchen, das ich damals mochte. Keinesfalls dieser aufgesetzte Vamp, der mich verführt, um das zu bekommen, was sie will.

Innerlich klopfe ich mir selbst auf die Schulter, als ich schnellen Schrittes durch meine Wohnung laufe, ihr Klopfen und die wüsten Beschimpfungen ignorierend. Es ist vielleicht nicht meine netteste Aktion, aber hat sie sich mir gegenüber je anders verhalten?

Ich kann mir diese Frage selbst mit *Nein* beantworten und bedanke mich erneut bei der fremden Frau dafür, dass ich diese Stärke endlich akzeptieren kann. Es war eines der seltenen Male, dass ich einer anderen Person die Stirn geboten habe, und mich nicht überrumpeln und einlullen ließ.

Mir ist bis jetzt nicht bewusst gewesen, wie sehr ich diese Dominanz mag, diese eine Nacht hat mir ein wenig die Augen geöffnet. Immer wollte ich es allen recht machen, ohne auf meine eigenen Bedürfnisse einzugehen. Ich stellte diese hinten an, solange es nur allen anderen gut ging.

Endlich habe ich mein Bad erreicht und entledige mich meiner Klamotten. Ich fühle mich nicht mal dreckig oder angewidert, dass ich sie so benutzt habe. Auch wenn ich zugeben muss, ohne meine Erinnerungen wäre gar nichts geschehen. Vielleicht hätte das Amy noch mehr vor Augen geführt, wie egal sie mir ist, aber leider kann ich meine Gedanken nicht einfach ausschalten.

Das heiße Wasser tut sein übriges, und mit nur wenigen Handgriffen habe ich sämtliche Überreste, die von Amy noch an mir haften, abgewaschen. Noch mal werde ich sicherlich nicht zulassen, dass sie so nah an mich ran kommt. Aber für heute musste es einfach sein. Es soll ihr vor Augen führen, wie es sich anfühlt, einfach weggeworfen zu werden. Denn nichts anderes hat sie mit mir getan. Die Dusche dauert nicht lange, da höre ich irgendwo in der Wohnung mein Handy klingeln. Nur mit einem Handtuch bekleidet, gehe ich auf die Suche nach dem Gerät, welches ich in der Küche ausfindig mache. Leonard hat angerufen und auch bereits eine SMS geschickt. Wir haben uns heute doch erst gesehen, was will er denn schon wieder?

Bock morgen noch mal in den Club zu fahren? Du hattest recht mit Ellen. Wir haben heute noch mal darüber gesprochen, sie meinte wieder, sie wäre noch nicht bereit, sich endgültig auf mich einzulassen und solange das so ist, will ich es genießen. Dabei?

Er klingt wie ein kleines Kind mit Aussicht auf ein Eis. Ich grinse, denn das bedeutet, dass ich sie vielleicht wiederfinden kann. Zwar erscheint es mir wie ein aussichtsloses Unterfangen, doch wer nicht wagt, der nicht gewinnt. Also schicke ich Leo meine Zustimmung, gehe danach voller Vorfreude ins Bett. Denn würde ich sie vielleicht nicht finden, so kann ich eine andere Dame von mir überzeugen.

Viola

Die Kleine hat wirklich Potenzial. Ihr flinke Zunge hat mir großes Vergnügen bereitet. Doch leider scheint *er* keineswegs so erfreut darüber gewesen zu sein, denn ich habe sie mir einfach so genommen, ohne dass *er* mich dazu aufgefordert hat. Und das kann *er* ganz und gar nicht leiden. Vergnügen, das ich mir selbst wähle, gefällt ihm nicht, ganz egal, ob *er* dadurch selbst auf seine Kosten kommt.

Dass ich ihn gereizt habe, lässt er mich spüren, nachdem er mir die bevorstehende Wahl der Nacht mitteilt. Zwei Männer sollen es für ihn sein. Mir ist von vornherein klar, dass diese mich nur anstrengen werden. Wenn *er* so etwas vorgibt, weiß ich, dass die Männer alles mit mir anstellen, was sie wollen. Sie werden mich benutzen, und selbst wenn ich mich anstrenge, kann ich ihnen nicht gerecht werden. Genauso will *er* mich leiden sehen, wie ich um ihre Aufmerksamkeit kämpfe und versuche, mich gegen sie durchzusetzen. Wahrscheinlich bestraft er mich so gleich auch noch für die vorherige Nacht und diesen anderen Fremden, von dem er der Meinung ist, er würde mich falsch ansehen. Meiner Meinung nach ist das völliger Humbug, sehen mich doch alle Menschen in diesem Club wie Frischfleisch an. Ihn wiederzutreffen ist völlig unrealistisch. Wieso macht *er* sich so einen Kopf darum?

Nachdem Mila und ich fertig waren, gingen wir noch die Cateringliste durch, was dauerte, wanderten meine Gedanken doch abwechselnd in ihre Hose oder zu seinen Augen. Es ist wie verhext, aber ich kann diesen Blick unmöglich vergessen.

Ich hoffe inständig, dass ich durch diese Nacht, die mir jetzt schon heftig vorkommt, endlich vergessen kann. Selbst mit Mila sind seine Augen immer in meinem Kopf, beobachten mich und registrieren jede Bewegung. Wüsste ich nicht genau, dass ich nicht verrückt bin, würde ich es direkt werden. Aber der Typ von gestern allein ist daran schuld. Ich muss meine heutige Aufgabe einfach ernst nehmen, sonst wird das nichts werden. Ich darf keine Schwäche zeigen, nichts was mich für *ihn* angreifbar machen könnte, und das würde der Kerl auf jeden Fall. Auch wenn es für mich selbst unerklärlich ist, wieso er sich so in meinen Kopf einnisten kann.

Die Zeit rennt, nachdem Mila gegangen ist. Mittlerweile stehe ich vor dem großen Spiegel, die gewünschten Dessous am Körper, die Maske bereits in der Hand. Die letzten Stunden habe ich in meinem Zimmer verbracht, bin ich doch der Meinung *ihm* heute schon genug Show gezeigt zu haben. Immer wieder kontrolliere ich, dass *er* auch wirklich keinen Zugriff auf diesen Raum hat. An den anderen Kameras leuchtet eine kleine rote Lampe, wenn sie laufen. Bei der, in meinem Zimmer, gibt es keine. Lange dauerte es damals, bis ich ihn so zufriedenstellte, dass *er* mir wenigstens diesen Raum überließ. Jetzt ist es meine Zufluchtsstätte.

Alles, was mir jemals wichtig gewesen ist, Erinnerungen an eine Zeit vor *ihm,* befindet sich hier. Die Erinnerung an den Kampf, um dieses bisschen Freiheit flackert auf und schnell versuche ich, diesen Gedanken wieder abzuschütteln. Gerade setze ich die Maske auf, will mich auf den Weg zu meinem Büro machen, als mich ein leises Klopfen an der Tür innehalten lässt. Mit nur wenigen Schritten habe ich mein Ziel erreicht, kann aber niemanden entdecken, als ich die Tür öffne. Mein Blick wandert durch die anderen Räume, aber nirgendwo ist jemand zu entdecken. Kopfschüttelnd drehe ich mich wieder und finde dann schließlich, was ich finden soll. Eine kleine Karte klebt am Holz, schon die Schrift lässt mich erahnen, was *er* nun für mich vorbereitet hat.

Es kann nichts Gutes sein, schließlich habe ich meine Anweisungen für heute Abend schon. Vorsichtig entferne ich den Klebestreifen von der Tür, darauf bedacht, weder die Karte noch das hochwertige Holz zu beschädigen. Nachdem ich mich wieder in meinem kleinen Reich vorfinde, nehme ich auf meinem Schminktischstuhl Platz und öffne zaghaft den Umschlag. Seine Schrift springt mir sofort ins Auge und die Worte jagen mir einen Schauer über den Rücken.

Planänderung. Heute Nacht wirst du keine Befriedigung finden. Du wirst dich berühren lassen, du wirst anderen Vergnügen bereiten, und doch ist es dir verwehrt, deinen Abschluss zu finden. Du warst ein unartiges Mädchen. Du wirst heute Nacht gefunden und leiden, du darfst nicht wählen. Genieße die Nacht.

Seine Worte sind makaber und doch ist mir klar, wieso *er* es tut. Ich habe mir unerlaubterweise selbst die Partnerin gewählt und es genossen. Jetzt will er mich bestrafen. Ich soll berührt werden, aber kein Vergnügen erfahren. Seine Form des Leidens ist für mich reinste Folter. Liebe ich es doch so sehr mich voller Ekstase meinem Opfer hinzugeben und mir zu nehmen, was mir zusteht.

Anderen Vergnügen zu bereiten, ist das Eine, Selbst in eine andere Welt abdriften zu können, das Andere. Bisher ist es noch nie vorgekommen, dass ich die Auswahl nicht selbst treffen durfte. Daher bin ich sehr gespannt, was *er* in dieser Nacht für mich bereithält. Trotzdem wird es *ihm* keinesfalls gelingen, mich zu brechen. Irgendetwas in mir ist bereit, zu kämpfen, und wenn *er* es so will, können die Spiele beginnen.

Mit gestrafften Schultern, die Maske vor Augen, betrete ich den nur leicht erhellten Gang und bin in wenigen Minuten in meinem Büro. Durch die Glasscheibe hindurch beobachte ich die Menschen unter mir. Die Tanzfläche ist wie jede Nacht zum Bersten gefüllt, und überall ist zu erkennen, wie sich die Menschen miteinander vergnügen. Die große Halle ist, wenn man mitten darin verschwindet, dunkel und man erkennt nur wenig. Doch von hier oben ist für mich alles zu sehen. Mein Blick gleitet über die wogende Masse und lächelnd sehe ich Hände, die andere Körper berühren, ihre intimsten Stellen massieren und Lippen, die heiße Küsse austauschen.

Ihnen ist nicht bewusst, dass ich sie sehe. Ist man einmal unter ihnen, so hat man das Gefühl, die Welt um einen herum versinkt. Es ist ein Sog des Verlangens und nichts kann diesen dort unten stoppen. Schüchterne junge Frauen werden plötzlich zum Vamp und nehmen sich, was sie schon immer wollten. Lassen sich bis zur Besinnungslosigkeit direkt auf der

Tanzfläche vögeln, lutschen harte, pulsierende Schwänze oder dringen mit ihren schlanken Fingern in die feuchten Spalten anderer Frauen ein.

Männer, die zuvor nie eine Pussy zu Gesicht bekamen und dank Daddys Geld hier sein dürfen, dringen hemmungslos in diese ein, kennen keine Zurückhaltung mehr und tauchen völlig ab. Ist es auch *seine* Schuld, dass ich hier festsitze, so ist es mein Verdienst, dass diese Wände genau diese Wirkung auf jeden haben, der eintritt. Hemmungen und Scham werden abgelegt, von Verlangen und Lust ersetzt, die sich ohne Rücksicht ihren Weg durch all die anwesenden Menschen bahnen.

Selbst von hier oben kann ich das Knistern zwischen ihnen spüren. Sie zu beobachten, macht mich unheimlich an. Außerhalb dieser Steinmauern wäre ich ein Voyeur. Etwas Ekelerregendes, weil es mir gefällt, den Menschen zuzusehen, wie sie sich gegenseitig antreiben und unersättlich ihre Triebe stillen. Doch hier bin ich die Königin, die all das erst möglich macht.

Die Musik wechselt und auch das Licht verändert sich, was mir anzeigt, dass es Zeit ist, mich unter die Leute zumischen. Ja, man weiß, ab wann ich mich unter ihnen befinde, nur weiß niemand, was ich trage, wer ich bin oder wie man mich erkennen kann. Ich weiß von dem Mythos, dass ich eigentlich nie auftauche. Manche munkeln, mich würde es gar nicht geben, andere wieder, dass ich jede Nacht jemanden an der Kette durch den Raum führe. Es ist amüsant, was sich die Menschen überlegen, wenn sie etwas nicht greifen können.

64

Dass jeder von ihnen schon mein Opfer hätte sein können, kommt ihnen keinesfalls in den Sinn. Auch nicht, dass ich ein Erkennungsmerkmal trage, an dem man mich immer erfassen könnte. Nur achtet keiner darauf, habe ich ihn oder sie erst mal in der Gewalt, wenn man es so nennen will. Ein kleines Bild ziert meine Hüfte. Ich habe es schon lange. Noch bevor ich hier ankam. Man müsste sich nur meinen Körper genau ansehen. Es ist auf keinen Fall zu übersehen. Doch ich habe gelernt, die Menschen vom Wesentlichen abzulenken. Sie fixieren sich zwar auf mich, lassen sich aber nur von ihrer Leidenschaft leiten. Und genau das ist bis jetzt immer mein Schutz gewesen. Die Hoffnung ist gering, dass es mir ewig gelingen wird, mich so zu verstecken. Es ist pures Glück, dass man mich in all den Jahren nicht entdeckte. Aber solange das so ist, kann mir niemand zu Nahe kommen. Das Einzige, was zählt, ist, dass ich auf meine Kosten komme. Denn wenn mir schon mein gesamtes Leben genommen wurde, will ich wenigstens das. Die Vorstellung, dass mir jetzt sogar das verwehrt wird, macht mich sauer. Der Wunsch, diesem Arschloch einmal die Meinung zu geigen, steigt von Minute zu Minute.

Ohne es zu bemerken, haben mich meine in passende blaue Pumps gekleideten Füße aus dem Büro und direkt vor den Eingang zur Halle gebracht. Ein letztes Mal prüfe ich die Frisur, wie meine Maske und der dünne Stoff sitzen, nur um festzustellen, dass ich mich selbst unwiderstehlich finde. Erneut rufe ich mir in Gedanken, dass ich heute auf keinen Fall selbst wählen darf, sondern passiv agieren muss. Wie ich damit umgehen soll, weiß ich noch nicht, denn so verhielt ich mich nie.

Passiv, das bin ich einfach nicht, und genau das weiß *er* auch. Tief durchatmend trete ich durch die geheime Tür, die mich unbemerkt mitten ins Geschehen befördert, und bin sofort gefangen.

So wie ich es vorhin von meinem Büro aus beobachtet habe, ist die Masse eins und reißt auch mich mit. Die Luft ist wie immer geschwängert von dunklen Bässen, Stöhnen, Keuchen und dem Geflüster der Menschen. Da ich zum Warten gezwungen bin, bahne ich mir den Weg hindurch zur Bar. Der Weg dahin ist kurz, und doch spüre ich immer wieder gierige Hände auf meiner Haut, die den Neuankömmling berühren wollen. Ihn im Vorbeigehen liebkosen. Die Hände sind überall, bereiten mir Gänsehaut. Es ist ein unglaubliches Gefühl. Ungewollt gleitet mein Blick über all die Menschen hinweg, auf der Suche nach einem bestimmten Augenpaar. Es wäre aussichtslos, zu versuchen, ihn zu finden und doch passiert es wie von selbst.

Der Typ hinter der Bar weiß genau, wer ich bin, da ich als Einzige das Bändchen am linken Handgelenk trägt, nicht wie alle anderen am rechten. Auch das wäre ein Erkennungsmerkmal, möchte man mich finden. Doch wie schon bei der schwarzen Tinte auf der Haut, interessiert es niemanden, mit wem man sich vergnügt.

Das gesamte Personal weiß von diesem Merkmal, sodass ich überall das bekomme, was ich will. In wenigen Augenblicken erhalte ich meinen Martini und nehme auf einem der Hocker Platz. Mit dem Rücken zur Bar beobachte ich die Masse vor mir und überlege, wen ich mir gesucht hätte, müsste ich nicht selbst

66

auf meine Erlösung warten. Was *er* wohl tun wird, wenn ich mich ihm wiedersetze? Wie will *er* eigentlich kontrollieren, ob ich nicht doch meinen ersehnten Höhepunkt erreiche. Klar, *er* sieht uns, doch eingreifen kann *er* nicht. Anhand meiner verlangsamten Wahrnehmung erkenne ich selbst, dass schon eine ganze Weile vergangen sein muss, seit ich hier sitze. Der Alkohol entfaltet seine Wirkung und ich bin unfähig, etwas dagegen zu unternehmen.

So sieht seine Qual also aus. *Er* lässt mich versauern. Meine Ungeduld steigt mit jedem weiteren Schluck, den ich mir genehmige, und ich überlege ernsthaft, ob ich mich ihm wirklich einfach widersetze. Die Strafe kann nicht so heftig sein, wie das, was jetzt empfinde. Nichts tun zu können, voller Sehnsucht nach einem harten Schwanz in meiner engen Pussy.

Es kommt mir vor, als könne *er* genau meine Gedanken lesen. Gerade, als ich mich entscheide, nun doch selbst auf die Suche zu gehen, spüre ich zwei Hände auf meinen Oberschenkeln. Ich blicke auf und sehe zwei muskulöse Männer direkt vor mir. Okay, *er* reizt es aus. Erst soll ich mir zwei Männer aussuchen, dann streicht *er* mir meinen verdienten Höhepunkt, und am Ende setzt *er* mir diese Leckerbissen vor die Nase. Wo *er* genau weiß, dass ich viel zu schnell an meine Grenzen kommen werde. Ohne ein weiteres Wort, nehmen sie mich an die Hand und führen mich durch die Menge. Beide sprechen kein einziges Wort und ich habe etwas Zeit, sie zu betrachten. Ihre Körper sind trainiert, die Muskeln zeichnen sich klar ab, der Bizeps riesig und ihre Haut schimmert.

Allein ihr Anblick lässt mein Fleisch sich köstlich zusammenziehen, und ich überlege sofort, ob sie auch so gut schmecken wie sie aussehen. Die beiden sind der Himmel für mich, auch wenn ich weiß, dass *er* diese Nacht zu meiner persönlichen Hölle machen will. Schnell haben wir die andere Seite der Halle erreicht und stehen vor einem der Privaträume. Hier hinten war ich lange nicht mehr und doch weiß ich genau, was sich in diesen Räumen befindet. Es sieht an sich genauso aus wie die anderen, hat die obligatorische Scheibe, aber es befindet sich eine zusätzliche Kommode in ihr mit allerhand Spielzeugen.

Diese Erkenntnis lässt meine Mitte sich noch weiter zusammenziehen, und wenn ich könnte, würde ich mir die Finger auf meine pulsierende Klit pressen. Ich weiß gar nicht, wie mir geschieht, als ich mit einem Mal recht unsanft in die Mitte des Zimmers geschubst werde.

"Zieh dich aus, Schlampe", macht mich der Dunkelhaarige der beiden herrisch an. Sein Ton verstärkt nur noch das Pulsieren. Ich sollte sauer werden, weil er mich beleidigt, aber ich stehe auf diese härtere Gangart. Willig beginne ich, mir die Dessous, die lediglich die intimen Bereiche bedecken, auszuziehen und kann die gierigen Blicke nur zu deutlich auf meiner Haut spüren. Meine Nackenhaare stellen sich in freudiger Erwartung auf, als die erste große Hand sich um meine Pobacken legt und sie knetet. Mir entweicht ein Keuchen, als die gleiche Hand mit Schwung auf mein Fleisch prallt. Der Andere sieht uns zu. Als mein Blick zu ihm wandert, bestätigt sich meine Vermutung, als ich ihn mit seiner Pranke

68

um den harten Schwanz sehe. Ein Lächeln stiehlt sich auf meine Lippen, als raue Hände über den Abdruck reiben.

"Bück dich", weist er mich unfreundlich an. In aller Ruhe folge ich der Anweisung, wohl darauf bedacht, dass er mich dafür strafen wird. Gemächlich strecke ich ihm mein Hinterteil entgegen, drücke den Rücken durch und beobachte unseren weiteren Gast, während er seinen harten Schwanz immer stärker reibt. Sein Anblick ist göttlich und ich kann deutlich spüren, wie sich mein Unterleib genüsslich zusammenzieht. Ungeduldig warte ich darauf, dass mein Peiniger handelt, will mich bereits aufrichten, als er ohne Vorwarnung mit zwei Fingern in mich eindringt. Mir entflieht ein spitzer Schrei vor Erregung, was mir einen weiteren Hieb auf den Arsch beschert, während er unermüdlich immer tiefer in mich stößt.

"Halts Maul, Schlampe", pampt er erneut und wieder turnt es mich an. Sein Tempo ist schnell und hart, seine Finger füllen mich aus wie manch anderer Schwanz. Ich weiß, wenn er so weitermacht, wird es nicht mehr lange dauern und ich werde lautstark kommen.

Er bemerkt, was in mir geschieht und stoppt. Er entfernt sich aus mir und ich kann mir das enttäuschte Keuchen nicht verkneifen. Wieder schlägt er auf meinen Arsch und wieder wäre ich dabei beinahe gekommen, so sensibel ist mein gesamter Körper bereits. Ich habe keine Ahnung, was sie vorhaben, doch wird mir diese Frage schnell beantwortet. Der Typ, der mich eben so herrlich penetriert hat, stößt ohne Rücksicht seine Finger in meinen engen Po.

Der Andere muss fertig sein, denn plötzlich steht er vor mir, seine Länge hart und leicht glänzend. Er presst sie mir direkt in den leicht geöffneten Mund. Ich muss kurz den Würgereiz unterdrücken, da er mich komplett ausfüllt. Keiner der beiden denkt auch nur daran, mir die nötige Zeit zu geben, um mich an alles zu gewöhnen.

Im Gegenteil. Beide beginnen, in grausamer Härte und Schnelligkeit, in mich einzudringen. Und dennoch genieße ich meine persönliche Folter, bringt sie mich doch dazu zu vergessen, dass ich das hier keinesfalls genießen darf. Jeden Stoß spüre ich tief in mir, und nach ein paar Mal pumpen kommt der Erste heftig, direkt in meinen Rachen.

Ich habe Probleme alles zu schlucken, bleibt er die gesamte Zeit in meinem Mund, sodass mir sein köstlicher Saft aus den Mundwinkeln läuft. Ich spüre, wie die Finger hinter mir entfernt werden, nur um sofort durch eine dicke Härte ersetzt zu werden. Wieder beginnt er ohne Eingewöhnung, in mich zu pumpen, und ich spüre ihn so tief, dass ich Angst habe, zu zerreißen. Meiner Kehle entrinnt ein Schrei, als er meinen tiefsten Punkt trifft, worauf hin ich geohrfeigt werde. Alles zieht sich in mir zusammen und ich habe Hoffnung, dass sie mich doch einen Höhepunkt erleben lassen. Doch diese wird jäh zerstört, als er nach zwei weiteren Stößen ebenso heftig wie der Erste, kommt. Auch er entfernt sich erst, als er sich komplett in mir entleert hat. Noch immer auf Knien ringe ich nach Luft. Es dauert einige Minuten, bis ich wieder aufsehe, nur um zu erkennen, dass beide verschwunden sind und sie mich dreckig, benutzt und unbefriedigt zurückgelassen haben.

Zander

Seit Leo und ich ausgemacht haben, eine weitere Nacht in diesem Club zu verbringen, kann die Zeit nicht schnell genug vergehen. Ich überlege schon den gesamten Tag über, wie ich sie wiederfinden kann. Versuche, mich an irgendetwas aus dieser Nacht zu erinnern, das mir helfen kann, sie zu erkennen. Denn auch, wenn ich mir gestern eingeredet habe, mir wäre egal, mit wem ich mich in dieser Nacht vergnüge, so ist es das auf keinen Fall.

Sie hat etwas in mir ausgelöst, als wäre ein Schalter umgelegt. Das Einzige, was ich von ihr weiß, ist, dass sie unglaublich heiß ist, die Haare perfekt ihr Gesicht umschmeicheln und sie Dessous wie eine Krone trägt. Kein Name, kein Alter, keine Informationen über sie. Und dennoch schwirrt sie in meinem Kopf herum, als hätten wir uns stundenlang unterhalten und kennengelernt. Mehrfach versuche ich, mir einzureden, dass es nebensächlich ist, sie zu finden und doch verzehrt sich etwas in mir nach ihr. Unruhig tigere ich durch meine Wohnung, bereit, endlich aufzubrechen. Leonard und ich wollen um 22 Uhr losfahren, um pünktlich zum Break drinnen zu sein. Es ist uns in der ersten Nacht aufgefallen, dass Punkt 24 Uhr sowohl Licht als auch Musik wechseln, und alles noch ein wenig dunkler wird.

Eine Erklärung dafür haben wir keine, aber es muss eine geben. Es gibt viele Gerüchte um diesen Club und seine Eigenheiten. Jeder weiß, dass eine wunderschöne Frau das

Ganze leitet. Doch niemand weiß, wer sie ist oder wie sie aussieht. Jeder will sie kennenlernen, denn es heißt, was du mit ihr erlebst, verdirbt dich für alle Männer und Frauen, die auf sie folgen. Aber geht es mir nicht bereits so? Dass sich mein Denken bereits nach einem Besuch geändert hat und ich mich nicht mehr mit diesem seichten Hin und Her zufriedengeben will, oder eher kann. Mir ist bewusst geworden, dass viel mehr möglich ist, und das nach einer einzigen verdammten Nacht. Wenn mir nur eine Möglichkeit einfallen würde, wie ich sie wiederfinden und mit ihr sprechen kann. Der Drang nach ihrem Körper ist unglaublich, doch der Wunsch ihre Stimme erneut zu hören, ist erheblich größer. Es zieht mich zu ihr und mir will partout nichts einfallen, woran ich sie erkennen kann. Vielleicht weiß Leonard etwas mehr, er hat sich vorab viel mehr mit diesem Club und seiner Leitung beschäftigt als ich. Schnell finde ich das Handy in der Küche und wähle seine Nummer.

In nur wenigen Minuten ist geklärt, dass er eher bei mir sein wird, um uns „fertigzumachen" und vorzubereiten. Okay, wir werden ein paar Bierchen schlürfen und dumme Sprüche reißen. Und ich frage mich schon jetzt, wie ich diese Anspannung, die meinen gesamten Körper ergriffen hat, bis heute Abend aushalten soll. Jede Faser von mir ist bereits jetzt in Höchstleistung und will einfach nur diese atemberaubend schönen Augen wiedersehen.

Bis Leonard hier aufschlägt, müssen noch vier Stunden vergehen. Ich tigere immer wieder durch die gesamte Wohnung, fange freiwillig an, zu putzen und schaffe es in zwei Stunden, alle Räume so sauber zu bekommen, wie schon seit Monaten nicht mehr. Meine Muskeln schreien nach Bewegung, nach Ablenkung. Meine Gedanken rasen die gesamte Zeit nur um sie. Diese innere Unruhe lässt sich einfach nicht abschalten. Nicht einmal, als ich nach einer Runde Laufen unter der Dusche stehe und das kühle Wasser meine erhitzte Haut liebkost.

Selbst das kann mich nicht beruhigen. Noch immer wandern meine Überlegungen zu ihr. Wenn ich gekonnt hätte, wäre mein Kopf einfach leer, ohne einen einzigen Gedanken, ohne den Wunsch sie wiederzufinden. Doch mein Körper macht mir einen Strich durch die Rechnung. Als Leo nach einer gefühlten Ewigkeit endlich vor meiner Tür steht, bin ich fertig. Komplett am Ende meiner Nerven und meiner körperlichen Kraft.

„Was ist denn mit dir passiert?", muss mich mein bester Freund sofort darauf ansprechen.

„Ach nichts. Hatte nur ein wenig zu viel überschüssige Kraft, wenn man es so nennen will." Wenn es möglich ist, will ich es runterspielen, aber allein an seinem Gesichtsausdruck ist zu erkennen, dass er mir keineswegs glaubt.

„Okay ich gebe es ja zu." Niedergeschlagen lasse ich mich direkt vor ihm an meinem Küchentresen nieder und traue mich einfach nicht, ihn anzusehen. Wie kann es passieren, dass mir diese eine Frau alle Sinne raubt und mich allein durch ein einziges Aufeinandertreffen so aus der Bahn wirft?

„Ich krieg sie einfach nicht mehr aus meinen Gedanken. Es ist, als hätte sie sich in meinem Kopf eingenistet und würde jetzt immer und immer wieder diese Nacht abspielen lasse. Ständig habe ich ihre weiche Haut, sinnlichen Lippen und die Stimme im Kopf und vor Augen, würde sie am liebsten wieder um mich spüren und so lange wie möglich ficken. Nie mehr gehen lassen und mich mit ihr vergnügen, bis ich umfalle. Das ist krank, oder?" Mein Blick ist immer noch auf die Tischplatte vor mir gerichtet, als ich das leise Kichern meines Gegenübers vernehme.

„Dass ich das noch erleben kann. Der Sexmuffel schlechthin hat endlich herausgefunden, wie geil Sex sein kann mit der richtigen Person. Wenn ich das nicht schon wüsste, würde ich mich auch von ihr bekehren lassen." Jetzt lacht er lauthals und erfüllt die leeren Räume hinter uns. Es ist ansteckend, und das erste Mal an diesem Tag fühle ich mich nicht total dreckig und übergeschnappt.

„Du findest also nicht, dass ich völlig einen an der Waffel habe?" Wieder bricht er in schallendes Gelächter aus und schüttelt dann den Kopf.

„Nein, Mann, das ist doch so was von natürlich. Ich bin stolz auf dich, dass es auch bei dir endlich klick gemacht hat." Ich starre ihn ungläubig an, aber etwas in mir muss ihm einfach zustimmen. Nie habe ich wirklich das Verlangen verspürt, ständig Sex haben zu müssen. Es war mir einfach nicht so wichtig. Und jetzt? Erst spiele ich mit ihr, dann lasse ich Amy mir mitten im Treppenhaus einen blasen und schicke sie heim und bin immer noch ungesättigt.

„Wahrscheinlich hast du recht. Aber wie finde ich sie wieder? Ich habe das Gefühl, demnächst durchzudrehen, wenn ich diese Frage nicht endlich beantwortet bekomme. Unter all den willigen Menschen dort wird es unmöglich sein, sie wiederzusehen."

„Na ja nicht ganz, ich habe ein wenig recherchiert." Verwundert blicke ich ihn an, was meinem besten Freund nicht entgeht. "Du warst auf der Rückfahrt so in dich gekehrt. Und das kommt zumindest mir gegenüber nur selten vor. Und dann noch dein ungeduldiger Anruf, ob wir uns nicht eher treffen können. Ich habe einfach eins und eins zusammengezählt und mir gedacht, du hattest ein Erlebnis der besonderen Art. Und das kann in diesem Club nur eines bedeuten", erklärt er mir.

Sein Gesicht leuchte, als hätte man einem kleinen Kind Schokolade gegeben, und das liegt sicherlich nicht nur daran, dass er mir helfen kann. Auch er freut sich auf diese Nacht und auf all die Möglichkeiten, die sich ihm dort bieten.

„Na dann leg mal los." Ich lehne mich ein wenig zurück und mache es mir bequem, gespannt, was für eine Geschichte er jetzt auspackt.

„Also, es gibt mehrere Foren, in denen sie beschreiben, wer die Königin des Clubs sein könnte und woran man sie erkennt. Anhand deiner Beschreibung würde ich vermuten, dass du genau auf diese mysteriöse Frau getroffen bist. Denn nur, wenn man sich einmal mit ihr vergnügt hat, will man immer mehr, selbst wenn man vorher nie wirklich Lust hatte." Sein Blick sagt mehr als Worte und ich kann sein Schmunzeln nur erwidern. Er hat ja recht und das, was er von sich gegeben hat, würde auch auf sie zutreffen. Aber kann das wirklich sein, dass ich an meinem ersten Abend sofort auf sie getroffen bin? Mein Blick muss meine Frage deutlich widerspiegeln, denn Leonard fährt fort.

„Natürlich ist es reines Glück, sie zu treffen. Aber es kann passieren. Sie ist jeden Abend anwesend, sucht sich willkürlich jemanden aus, mit dem oder mit der sie sich vergnügt. Es haben schon viele versucht, ihren Plan, oder wie auch immer man es nennen möchte zu knacken, um immer und immer wieder auf sie zu treffen. Aber niemandem ist es geglückt. Es klingt wirklich ein wenig abgefahren, aber so ist das Ganze nun mal. Sie will anscheinend gar nicht gefunden werden. Es scheint sie auch nicht zu interessieren, wer sie fickt. Man hat sie, seit es diesen Club gibt, nie außerhalb der Mauern gesehen. Es gibt keine Geschichte über sie, keine Informationen, weil es einfach niemand schafft, mehr über sie zu erfahren. Es ist, als würde man in einen Strudel aus Leidenschaft und Verlangen geraten, sobald man nur in ihrer Nähe ist, und wenn ich mir dich so anschaue, dann scheinen diese Erfahrungen auch auf dich zuzutreffen.“

Darauf habe ich nichts zu erwidern. Ab dem Augenblick, in dem sie in dieser Nacht in mein Leben getreten ist, ist einfach nichts mehr wie vorher. Erst steht die Zeit still, dann rennt sie viel zu schnell davon, sodass es gar nicht möglich ist, alles zu begreifen, was in diesen Minuten geschieht.

Jede Handlung ist wie selbstverständlich, als wüsste mein Körper genau, wie er auf sie reagieren muss, wie er ihr größtes Vergnügen bescheren kann, ohne sich Gedanken darüber zu machen. Es ist fast instinktiv, wie unsere Körper aufeinander reagieren, und das kann nicht nach einem einzigen Mal zu Ende sein. Es muss einen Weg geben, sie zu finden, und wenn ich jede einzelne Frau in diesem Club durchnehmen muss, um dasselbe zu empfinden, wie ich es mit ihr getan habe.

„Es gibt ein paar Berichte darüber, wie man sie eventuell identifizieren konnte, wenn du es so nennen willst. Einer der Typen in diesem Forum hat wohl das Glück gehabt, wirklich zwei Mal auf sie zu treffen. Frag mich nicht, wie er das angestellt hat, er weiß es ja noch nicht mal selbst. Aber er meint, es muss sie gewesen sein, denn jedes Mal konnte er ein Tattoo auf ihrer Hüfte erkennen. Er beschrieb aber auch, dass sie anscheinend alles versucht haben muss, ihn genau von diesem Detail abzulenken. Sie muss es auch geschafft haben, denn als sie mit ihm fertig war, konnte er sich eine Weile nicht mehr daran erinnern, was in dieser Nacht geschehen ist, so fertig war er. Grins nicht so, dasselbe kann dir auch passieren, wenn du versuchst, sie zu finden. Dass sie einfach zu viel für dich wird." Ich weiß, er meint es ernst, aber lieber lasse ich mich von ihr ins Krankenhaus ficken, als das ich sie nie wiedersehe.

„Fahre fort. Wie sieht das Tattoo aus?!" Es ist mein einziger Anhaltspunkt, ich muss es einfach versuchen, selbst wenn ich mir dabei wie ein kompletter Vollidiot vorkomme.

„Naja, wie ich schon sagte, seine Erinnerungen sind ein wenig verschwommen, aber er meint, sich an ein kleines Foto erinnert zu haben. Also an die Form eines Fotos, wie ein kleiner, schwarzer, quadratischer Fleck auf ihrer Hüfte. Mehr konnte er nicht sagen. Aber, bevor du jetzt jede Hüfte im Club begutachten willst, kann ich dir sagen, ab wann du suchen kannst. Die Musik ändert sich, sobald sie den Club betritt. Es ist, als würde sich die gesamte Atmosphäre dort drin wandeln. Als würden sich all die Emotionen der Menschen da drin verstärken und sofort übereinander herfallen. Ich kann es nicht anders beschreiben, aber du weißt doch genau, was ich meine. Du hast es bei unserem ersten Besuch doch auch gemerkt. Auch wenn wir vielleicht nicht mitbekommen haben, dass sich die Musik geändert hat, so gab es einen Moment, in dem sich einfach alles intensiviert hat. Jede Empfindung, jedes Verlangen oder?"

Wenn ich genauer darüber nachdenke, dann hat Leonard recht. Diesen Moment gab es tatsächlich, und kurz darauf, stand sie direkt vor mir in all ihrer Schönheit. Ich kann wieder nur nicken, denn was das gewesen ist, weiß ich nicht mehr.

„Wie spät ist es?" Ich muss dringend meinen Kopf leer kriegen, an irgendetwas Anderes denken als an sie, wenn ich diese Nacht überstehen will, ohne durchzudrehen.

„22 Uhr. Wie lange haben wir uns denn darüber unterhalten? Krass." Schon wieder kann ich Leonard nur zustimmen.

„Na, dann lass uns los", fordert er mich auf und ich folge ihm einfach. Wie schon den ganzen Tag rasen meine Gedanken, und die Tatsache, dass wir ihr jetzt näherkommen und eventuell doch noch gegenüberstehen, macht das nicht leichter. Binnen weniger Minuten sitzen wir im Auto und mein Freund übernimmt das Fahren. Ich bin ihm dankbar dafür, denn ich stehe neben mir. Und das nur wegen ihr. Es ist nicht mehr nur so, dass ich einfach das, was sie in mir ausgelöst hat, wieder spüren will, nein, ich will mehr über sie erfahren.

Es klingt verrückt, aber die Tatsache, dass es kaum Informationen über sie gibt, zieht mich magisch zu ihr. Ich kann mir einfach nicht vorstellen, dass sie kein Leben hat, denn genauso hat es sich für mich angehört. Man kennt die Leitung eines Clubs doch meistens. Man weiß, wer dahinter steht und das ganze Geld einsackt und auch in dem Ruhm badet. Die Vorstellung, dass hier alles komplett im Dunkeln liegen soll, ist einfach nicht greifbar für mich. Die Zeit, die wir im Auto verbringen, kann ich immer nur an sie denken und welches Geheimnis sie wohl umgeben mag. Und vor allem wird mir eines klar. Ich will es lüften.

Sie wiedersehen und es schaffen, mit ihr zu sprechen, einen Teil ihres Mysteriums zu klären.

„Wir sind da", holt mich Leo irgendwann aus meinen Gedanken, und ich muss den Kopf schütteln, um wieder im Hier und Jetzt anzukommen. Wir stehen nur wenige Meter vom Eingang entfernt. Der Parkplatz ist voll wie schon beim letzten Mal und wir erreichen das Tor nach wenigen Schritten. Der gleiche Gorilla, wie vor ein zwei Tagen, steht vor uns, und legt uns das Bändchen um unsere rechten Handgelenke. „So, ich werde jetzt in diesem unglaublichen Pool aus heißen, willigen Frauen abtauchen und ich verlange von dir, dass du das Gleiche tust. Selbst, wenn du sie nicht finden solltest, genieße bitte diesen Abend, denn es wäre eine Schande, so etwas hier einfach verstreichen zu lassen. Versprochen?" Ich weiß, er meint es gut und er weiß ebenso, dass ich sie einfach suchen muss. Zwei Anhaltspunkte sind gegeben, und somit auch zwei Chancen. Wenn ich wachsam bin, kann ich es schaffen.

„Versprochen", gebe ich dennoch zurück. Unsere Wege trennen sich, und kurz darauf stehe ich in der riesigen Halle voll mit Frauen, die meinen Schwanz wachsen lassen, allein wenn ich sie nur ansehe. Meine Augen scannen die Menge, aber auch das gesamte drum herum. Alles sieht hochmodern aus. Angefangen bei der Bar, die an der Wand gegenüber des Eingangs aufgebaut ist, daneben das Catering, das im gleichen Stil den Raum gewaltig dominiert. Und doch hat diese Halle etwas Altes, Mystisches, Magisches.

Die Decke ist restauriert worden und mit einer Lichterkette geschmückt. Die Fenster sind hoch über unseren Köpfen, und der Schein des Mondes strahlt sanft hindurch, taucht die Decke mit all den Lichtern in einen besonderen Schimmer, das von den ganzen Effekten, die durch den Raum flimmern, unterstützt wird. Die Stimmung hier drin ist so schon erhitzt und von Verlangen und Sex getränkt, doch dieses Licht und dieses Ambiente erhöhnt alles noch mal.

Ich stehe noch immer an meinem Platz, seit ich hier drin angekommen bin, und nehme nichts anderes wahr als das Spiel des Lichtes. Hände berühren meinen entblößten Körper, Finger erkunden meine Haut, doch nehme ich es weniger wahr, als ich sollte. Ich bin kaum anwesend, konzentriere mich nur auf meine Empfindungen, wenn ich das alles beobachte. Es dauert eine ganze Weile, aber irgendwann ändert sich alles hier drin. Wie Leo beschrieben hat, wechselt die Musik, wird basslastiger und treibt die Menge an. Schnell sehe ich mich überall um, suche eine Treppe, eine Tür, irgendetwas, woher sie kommen kann. Nur finden kann ich nichts. Ich bewege mich durch die tanzende Menge, ignoriere wieder die Berührungen und suche immer noch die Wände ab.

Es ist schier unmöglich und doch ist die Hoffnung einfach da. Eine Hand gleitet über meinen Schwanz, ich muss mich zusammenreißen, nicht einfach stehenzubleiben und mich, wem auch immer, hinzugeben. Ein letztes Mal halte ich Ausschau nach einem kleinen Ein- oder Ausgang. Und als ich wirklich etwas entdecke, kann ich es nicht fassen. Eine kleine unscheinbare Öffnung, direkt vor mir. In dem Moment, als ich diese finde, tritt sie heraus und ist eine genauso atemberaubende Erscheinung wie schon beim ersten Mal.

Sie trägt die Haare zu einem strengen Knoten nach hinten gebunden, ihr Körper verhüllt von einem blutroten BH und passenden String sowie von Strümpfen, die mir die Sinne vernebeln. Ihre High Heels sind in derselben Farbe, ebenso wie ihre Maske, die sich perfekt um ihr Gesicht schmiegt. Ihre Lippen umspielt ein wissendes Lächeln, und schon im nächsten Moment dreht sie sich weg und spaziert förmlich durch die Menge und genießt die Blicke und Berührungen. Genauso wie vor zwei Nächten.

Ich starre sie einfach nur an, bis sie irgendwann aus meinem Blickfeld verschwindet. Sie ist hier, ich weiß, was sie trägt.

Alles andere zählt für mich jetzt nicht mehr.

Viola

Er ist hier.

Selbst unter all den Hunderten Menschen, die sich momentan in der Halle vergnügen, ist er das Erste, was mir in die Augen sticht, nachdem ich aus meinem Geheimgang trete. Den ganzen Tag habe ich mir einzureden versucht, dass ich ihn nicht wieder sehen will. Dass ich es verdiene, wie mich diese beiden Typen in der letzten Nacht behandelt haben, dass genau das meine Bestimmung ist.

Ich zähle nichts und es soll mir wohl vorher bestimmt sein, dass man mich benutzt und liegen lässt. Das und nichts anderes muss ich begreifen, wenn ich weiterhin überleben will. Jahrelang hat sich mein Herz dagegen gesträubt, dass *er* mein Ende bestimmen kann. Doch dass *er* diese beiden Gorillas auf mich loslässt, zeigt deutlich, dass es seine Regeln sind, die ich befolgen muss und nicht, dass ich irgendetwas zu sagen habe.

Wieder wird mir bewusst, dass ich einzig und allein sein Aushängeschild bin, nicht mehr und nicht weniger. Und wieder frage ich mich, wozu das Ganze. Heute auf den Tag genau, bin ich seit acht Jahren hier. Seit diesem Tag habe ich weder meine Familie gesehen, noch weiß ich, ob es ihnen gut geht.

Haben sie den Verlust überwunden? Vermissen sie mich noch immer? Oder haben sie mich bereits vergessen und aufgegeben? Mehrfach an diesem Tag kann ich die Tränen nicht verhindern, und die Erinnerungen an letzte Nacht lassen mich schaudern. So sehr ich Sex liebe und alles dafür gebe, einen Mann zu befriedigen, so sehr verabscheue ich es, wie ein Stück Dreck zurückgelassen zu werden. *Er* hat genau das erreicht, was er wollte, er hat mich für mein eigensinniges Handeln bestraft und mir Erlösung untersagt. Jedoch empfinde ich es als abstoßend, was danach geschehen ist. Noch nie habe ich mich so gefühlt und am liebsten hätte ich den Tag allein im Bett verbracht. Doch das darf ich nicht. Ich muss mich *ihm* präsentieren. Was er sich überlegen würde, sollte ich erneut gegen die Regeln verstoßen, möchte ich mir unter keinen Umständen ausmalen.

Und dieser Mann, der mir selbst nach zwei Tagen noch immer in meinen Träumen begegnet, bedeutet definitiv eine Strafe, sollte ich ihm zu nahe kommen. Meine Aufgabe der Nacht ist klar. Eine Frau steht auf seiner Wunschliste und trotzdem wandern meine Gedanken immer wieder zu ihm. Wie es die Vorschriften verlauten lassen, trägt er, ebenso wie alle anderen Männer hier, lediglich Boxershorts und Maske. Es ist dieselbe wie bei unserer ersten Begegnung, auch die Shorts sind nichts Besonderes. Jedoch kann man das nicht von ihm sagen. Muskulös, groß gewachsen, seine Haare wild durcheinander, der Körper von unzähligen Linien bunter und schwarzer Tinte verziert.

Er bewegt sich wie ein Raubtier. Als sein Blick meinen trifft, halte ich perplex die Luft an. Er kann mich nicht erkannt haben, denn niemand weiß, woran sie mich erkennen können. Zumindest dachte ich das bis eben immer.

Sollte ich mich so geirrt und gar nicht gemerkt haben, dass man mich sucht? In seinem Blick liegt etwas Wissendes, etwas,

84

das mich anzieht und von dem ich wissen will, wieso es da ist. Ich ärgere mich über mich selbst, dass er meinen Kopf so regiert, und kann trotzdem nichts dagegen tun. Selbst jetzt, auf meiner scheinbaren Flucht durch die Menge vor ihm, wünsche ich mir, dass er mir folgen würde und mich hier und jetzt auf der Tanzfläche nimmt. Es ist mir egal, was *er* davon halten würde, es ist mir egal, ob ich jemanden störe. Das Einzige, was in meinen Gedanken Platz hat, sind seine Hände auf meiner Haut, wie sie mich sehnsüchtig berühren und jeden Zentimeter erkunden. Meine Mitte zieht sich bereits bei der Vorstellung genüsslich zusammen und sehnt sich so nur noch mehr nach diesem Mann, den ich nicht haben darf. Er würde in Gefahr geraten, denn er ist angreifbar. Außerhalb dieser Mauern ist es für *ihn* ein Leichtes, meinen geheimnisvollen Traum zu finden.

Energisch schüttle ich den Kopf, versuche, ihn endlich zu vergessen und wieder genießen zu können, was ich tue. Meine Augen gleiten über die Menge, es sind mehrere ansprechende Frauen da. Schnell laufe ich auf die Auserkorene zu, es stört mich wenig, dass sie gerade mit einer anderen Lady tanzt, greife nach ihrem Handgelenk und zerre sie etwas ruppig mit mir.

Ich muss dringend diesen Mann aus dem Kopf bekommen. Auch, wenn das bis jetzt noch nicht vorgekommen ist, so will ich diese Nacht einfach nur hinter mich bringen. Es ist kein guter Tag, und wenn es nach mir ginge, wäre er längst vorbei. Doch *ihn* vor den Kopf zu stoßen, hat mir schon die Erfahrung des letzten Abends beschert. Das will ich auf keinen Fall noch einmal erleben. Mittlerweile hat meine Auserkorene aufgeben, sich gegen mein Zerren zu wehren, und wenn es mir möglich gewesen wäre, hätte ich mich bei ihr für mein Verhalten entschuldigt.

Der umgelegte Schalter jedoch, der diese gesamte Gefangenschaft wieder komplett ins Licht gerückt hat, lässt es einfach nicht zu. Ich kann die Erinnerungen an meine Familie und alles was hätte sein können, keinesfalls mehr verdrängen. Es fühlt sich an, als würde die Flut der Gedanken mich niederdrücken. So bekomme ich kaum mit, dass wir dasselbe Zimmer erreicht haben, in dem ich auch mit ihm war. Anscheinend wird meiner Partnerin der Nacht langsam langweilig, als ich nicht sofort auf sie eingehe. Denn sobald die Tür geschlossen ist, presst sie mich heftig gegen die Wand. Erstaunt blicke ich sie an und erhalte ein strahlendes Lächeln, als ihre Fingerkuppen über meinen Arm streichen.

"Ich muss zugeben, du hast mich ein wenig überrumpelt, aber wenn ich mir dich jetzt so ansehe, muss ich sagen Dankeschön. Du bist weitaus interessanter als die andere Dame." Ihre Stimme ist dunkel und belegt, auch wenn mein Kopf sich sträubt, so reagiert mein Körper mit einer Gänsehaut auf ihre Worte und die zarten Berührungen.

"Sag mir, wie magst du es am liebsten?" Sie schreitet durch den Raum hinüber zu der kleinen Kommode. Ich weiß genau, was sich in dieser befindet, und der Gedanke daran, was sie alles mit mir anstellen kann, lässt mich allmählich feucht werden. Das Geräusch, als sie die Schublade öffnet, dringt zu mir herüber und sie zieht vorsichtig die schwarze Ledergerte, die ich so vergöttere, hervor.

Noch immer beobachte ich jede ihrer Bewegungen, sie wandert durch den Raum, wie ich es sonst tue. Doch von meiner sonstigen Anmut, dem Selbstbewusstsein, ist heute nichts mehr vorhanden. Es ist mir unmöglich, in meine eigene Rolle zu schlüpfen, die mich sonst immer vor allem bewahrt, und Gedanken wie die dieses Tages abzublocken. Heute sind sie da, und ich muss ihr die Führung überlassen.

Sie steht wieder direkt vor mir, ihre Augen mustern mich hungrig durch ihre Maske hindurch. Die Spitze der Gerte streicht über mein Dekolleté, meinen Bauch, meine bereits erhitzte Haut. Ich schließe die Augen und genieße die Empfindungen dieser Berührungen. "Dreh dich um", weist sie mich an, und bereitwillig folge ich ihrer Anweisung. Eine Hand wird zwischen meinen Schulterblättern platziert und drückt meinen Oberkörper ein Stück nach vorn. Die Stelle, an der ihre Haut auf meiner liegt, kribbelt erregt. Es verstärkt und verteilt sich auf jeden Punkt, den sie berührt. Meine Atmung ist bereits erhöht, ich warte sehnsüchtig darauf, was sie als Nächstes tut.

"Du scheinst ein so braves Mädchen zu sein. Da tut es mir fast schon leid", und mit ihrem letzten Wort schnellt die kleine Peitsche auf meinen Arsch. Ein Keuchen entweicht meiner Kehle, als das klatschende Geräusch gepaart mit dem leichten Schmerz meine Nerven erreicht. Ihre freie Hand gleitet über die gepeinigte Stelle, streichelt sie, bevor die Gerte wieder auf denselben Punkt schnellt und ich auch dieses Mal das Keuchen nicht unterdrücken kann.

"Sei still", herrscht sie mich an und ich muss grinsen. Denn als die Peitsche ein weiteres Mal auf die gerötete Stelle knallt, stöhne ich nur lauter und strecke ihr meinen Hintern noch mehr entgegen. Ich verdiene ihre Schläge und ich will sie. Meine Gedanken und mein Verhalten der letzten Tage waren falsch, und ich weiß, dass diese sinnliche Bestrafung verdient für mich ist.

"Ich habe gesagt, du sollst still sein." Anstatt dass wieder Leder auf meine Haut knallt, spüre ich einen größeren Schmerz, als ihre Hand auf mir landet. Meine Lippe ziehe ich zwischen meine Zähne und unterdrücke dieses Mal wirklich das Keuchen, nur um herauszufinden, was nun passiert. Ich bin feucht, das spüre ich deutlich.

"So ein braves Mädchen", lobt sie mich und lässt die Spitze der Peitsche wieder über meine Haut gleiten. Sie lässt sie über meinen Rücken wandern, meinen geschundenen Arsch und zwischen meine Beine. Das weiche Leder streicht über meine geschwollenen Lippen und ich sauge fest die Luft ein, als sie den Druck an dieser Stelle erhöht und das Leder in meine Spalte drückt.

"Fühlt sich das gut an, ja?" Doch bevor ich antworten kann, wird die Tür des Raumes aufgerissen und im nächsten Moment ist das kribbelnde Gefühl, das sie ausgelöst hat, verschwunden. Erstaunt drehe ich mich um, nur um ihn direkt vor mir stehen zu sehen. Seine braunen Augen bohren sich in meine, und ich kann nicht anders, als seinen Blick zu erwidern. Nur im Augenwinkel nehme ich wahr, wie meine eigentliche Wahl schnell den Raum verlässt und die Tür in seinen Rahmen knallt.

"Was soll die Scheiße?", schnauze ich ihn an, kann aber nicht verhindern, dass ich mich immer mehr in seinen Augen verliere.

"Ich habe dich gesucht", ist seine Antwort, und ich wünsche mir für einen kurzen Moment, dass er es sein gelassen hätte.

"Du darfst nicht hier sein." Meine Stimme ist mehr ein Flüstern, weiß ich doch, dass *er* jeden dieser Räume überwacht und somit auch mich.

"Und wieso sollte ich nicht hier sein, wenn du es bist, die ich von allen hier als Einzige will?" Sein Blick brennt auf mir, als er einen weiteren Schritt auf mich zukommt und mich zwischen seinen an die Wand gestützten Armen einschließt. Er spricht ebenso leise wie ich.

"Hier gibt es genug Frauen, die dich befriedigen können. Nimm eine von denen." Es soll kalt und abweisend klingen, doch selbst ich kann das leichte Flehen vernehmen, als ich spreche. Er schüttelt lediglich den Kopf und senkt diesen.

"Ich will nur dich", raunt er nahe an meinem Ohr und lässt direkt danach seine Unterlippe darüber streichen.

"Bitte du musst gehen", versuche ich es erneut. Nicht auszudenken, was passieren könnte, würde er hierbleiben.

"Ich wiederhole mich wirklich ungern. Ich bleibe, und das wirst du nicht ändern können", gibt er ruhig und gelassen zurück. Wieder senkt er seine weichen Lippen auf meine Haut, liebkost meinen Hals mit leichten Küssen. Die Augen geschlossen, versuche ich, mich gegen seine Berührungen zu wehren. Muss aber feststellen, dass es mir nicht gelingt. Ich will ihn ebenso wie er mich. Und das bereits seit dem ersten Mal, an dem er hier gewesen ist. Er regiert meine Gedanken und Vorstellungen, wie es schon seit Jahren niemand mehr getan hat. Weiß ich auch nicht wieso, so ist mir klar, dass ich mich nicht gegen ihn wehren will oder kann. Ich verstehe es nicht im Geringsten, aber er zieht mich an, als wäre er ein Rettungsboot, das mich endlich erlösen kann. Verdammt, wir hatten eine Nacht, was ist nur mit meinem Kopf los?

Wäre ich in diesem Moment in der Lage gewesen, klar zu denken, hätte ich gewusst, dass mich niemand hier rausholen kann. Und doch ist dieser Hoffnungsschimmer da, dass ich jemandem so den Kopf verdrehen kann, dass er mich in seinem Leben will und nicht nur eine Nacht. Es fühlt sich an, als wäre ich ein kleines Kind, aber genau das empfinde ich in dem Moment, als seine Zunge über mein Schlüsselbein streicht, und ich kann auch nicht das leise Stöhnen verhindern, als er seine Hand um meine rechte Brust schließt und mit seinem Daumen meinen bereits erregten Nippel reizt. Seit Jahren habe ich mir selbst jegliche Hoffnung untersagt, denn es gab einfach keine. Dieser Mann, der immer wieder über meine Knospe streicht und meine Brust so sanft massiert, löst genau diese Hoffnung aus. Ich muss langsam wirklich durchdrehen, dass ich mir solche Gedanken anmaße.

Er wechselt seine Hände und massiert nun mit derselben Intensität meine linke Brust. Meine Hände wandern um seinen Körper, streicheln seinen Rücken, berühren seine dunkel verzierte Haut, während unsere Blicke immer noch miteinander verflochten sind. Wir berühren uns, sehen uns dabei nur an und genießen anscheinend einfach die Handlungen des Anderen, ohne Hast, ohne Eile.

"Ich will dich wiedersehen. Außerhalb dieser Mauern", flüstert er und bricht die Stille zwischen uns. Für nur einen kurzen Moment schließe ich die Augen, als die Hoffnung in meinem Herzen wieder überhandnehmen will bei seinen Worten. Ich lasse meine Fingernägel über seine Arme streichen, kitzle eine Gänsehaut bei ihm hervor und presse meinen Unterleib gegen seinen. Ich bin so bereit für ihn und kann seine erregte Länge deutlich zwischen uns spüren.

"Lass uns einfach diese Nacht genießen. Mehr kann ich dir nicht geben." Ich darf ihn nicht noch mehr von mir einnehmen, sollte das hier beenden und mich dann darauf konzentrieren, *ihn* zufriedenzustellen. Ich schlinge ein Bein um seine Hüfte und beginne, diese gleichzeitig zu bewegen. Ich reibe mich an seiner Erregung und vernehme wohlwollend sein Stöhnen.

"Das genügt mir nicht", presst er zwischen zusammengedrückten Lippen hervor und ich versuche, es einfach zu überhören. Niemand würde mich je hier rausholen können. Das muss er verstehen. Er bewegt sich im gleichen Rhythmus wie ich. Es ist, als würden wir leicht miteinander tanzen, was das Verlangen nach ihm nur erhöht.

"Bitte, nimm mich einfach und geh", flehe ich ihn an und erhalte nur ein gehässiges Schnauben. Doch im nächsten Moment hebt er mich hoch und presst mich mit seinem gesamten Körper gegen die kühle Wand. Ich schlinge auch das andere Bein um seine Hüfte, und wir setzen den Tanz in dieser Position einfach fort. Seine Lippen suchen sich erneut ihren

Weg über meinen Nacken und mein Schlüsselbein, während er meine Haut nun mit beiden Händen erkundet, mich streichelt, liebkost und verwöhnt, allein durch seine zarten Berührungen. Der Drang, seine Lippen endlich auf meinen zu spüren, verstärkt sich mit jeder Sekunde, die er sich von mir entfernt hält.

"Versprich mir, dass wir uns wiedersehen", fordert er und lässt seine Hand über meinen Bauch zwischen uns und zwischen meine Beine gleiten. Sanft reibt er über die empfindlichste Stelle, reizt meinen bereits geschwollenen Kitzler und entlockt mir ein kehliges Brummen. Mein Körper zittert unter seiner Handlung, als er den Druck erhöht und ohne Rücksicht über meine feuchte Spalte streicht.

"Ja", kann ich lediglich antworten, mehr ist einfach unmöglich. Als ob er nur auf Zustimmung gewartet hätte, prallen seine Lippen gierig auf meine und rauben mir den Atem. Sofort beginnen unsere Zungen unseren eigentlichen Tanz fortzuführen und ich spüre, dass ich dem Höhepunkt allein davon immer näherkomme. Noch immer massiert er mit unendlichem Geschick meine Klit, mittlerweile jedoch unter dem dünnen Stoff meines Höschens. Unser Kuss ist voller Sehnsucht, Leidenschaft und Verlangen. Noch nie habe ich mich einem Menschen so verbunden gefühlt wie ihm in diesem Moment, und mein Herz schmerzt bei dem Gedanken, dass ich ihn nie wiedersehen darf. Es ist verrückt, all diese Dinge jetzt bereits zu fühlen, aber dagegen wehren kann ich mich auch nicht. Sie sind da, diese Gefühle, und jedes Mal, wenn sein langer Finger tief in mich eindringt, verstärken sie sich.

92

Der Raum ist erfüllt von unserem Stöhnen, immer wieder reibt sein Daumen über mich, während er mich unermüdlich mit seinen Fingern fickt. Unsere Münder scheinen miteinander verbunden, als würden sie aneinander kleben und versuchen, krampfhaft dem Anderen mitzuteilen, was man will. Meine Beine umklammern seine Hüfte, als er seine freie Hand unter meinen Hintern legt und sich danach vorsichtig von der Wand entfernt. Mit großen Schritten und immer noch stetig in mich pumpend, seine Lippen mit meinen versiegelt, trägt er mich zu dem Bett mitten im Raum.

Ebenso vorsichtig, wie er sich bewegt, legt er mich auf der weichen Matratze ab und beugt sich über mich. Seine freie Hand zieht mir zärtlich den störenden Slip von der Hüfte und befreit seinen Schwanz danach aus der Boxershorts. Meine Hände sind noch immer in seinen Haaren, zerwühlen sie, streichen über seinen Rücken, nehmen jeden Zentimeter Haut in Beschlag. Mein Herz versucht sich jede Sekunde dieser Nacht einzuprägen, wie er sich anfühlt, wie er schmeckt, wie er sich bewegt. Es ist mein verzweifelter Versuch, irgendetwas von ihm bei mir zu halten, weiß ich doch bereits, dass ich mein Versprechen nicht halten kann. Zu sehr in meinen Gedanken und seinen Berührungen versunken, schreie ich auf, als er mit einem Stoß in mich eindringt. Er fühlt sich unglaublich in mir an. Noch immer liegen unsere Lippen aufeinander, unsere Hände sind über meinem Kopf miteinander verflochten. Langsam und vorsichtig beginnt er, sich in mir zu bewegen. Noch nie fühlte ich mich so geborgen mit jemandem. Seine Handlungen sind so zurückhaltend, als hätte er Angst, die Nacht würde zu schnell vergehen, würde er schneller sein. Fast widerwillig löst er sich von mir und hebt seinen Kopf ein Stück, während wir uns erneut im selben Rhythmus bewegen.

Es ist schön, zaghaft, vorsichtig und liebevoll. Nie hätte ich erwartet, dass es mir so gefällt. Doch mit ihm will ich nichts anderes als einfach mehr Zeit. Seine braunen Augen sehen mich durch seine Maske hindurch an. Sein Blick liebevoll. Fast fühlt es sich an, als würde er mit ihm mein Gesicht liebkosen. Ein kleines Lächeln liegt auf seinen Lippen, als er nur ein wenig das Tempo erhöht und mein Inneres trifft.

"Oh Gott", stöhne ich, als er sein Handeln genauso wiederholt und das Lächeln entwickelt sich zu einem Grinsen. Das hier ist kein Ficken -- nein, er schläft mit mir und es ist schön. Er behandelt mich nicht wie ein Sexobjekt, wie all die anderen, oder wie ich all die anderen behandelt habe. Nein, er nimmt mich wahr. Als Mensch. Die Erkenntnis trifft mich hart und ich kann spüren, wie sich Feuchtigkeit in meinem Augenwinkel sammelt. Augenblicklich stoppt mein Partner und starrt mich erschrocken an.

"Habe ich dir wehgetan? Oh mein Gott, das tut mir so leid", plappert er sofort drauf los. Ich löse meine Hand von seiner und lege ihm einen Finger auf den Mund. Jetzt bin ich es, die sich vorsichtig zu bewegen beginnt, er soll weitermachen, will ich mich weiterhin so gut fühlen, so besonders, so schön.

"Es ist alles gut", versichere ich ihm und lege meine Lippen erneut auf seine. Zaghaft erwidert er meinen Kuss und passt sich den Bewegungen an. Meine Beine schlingen sich wieder um seine Hüfte, drücken ihn tief und fordern ihn auf, schneller

94

zu werden. Sein unglaubliches Lächeln kehrt zurück, als er bemerkt, was ich will, und küsst kurzerhand die kleine Träne weg. Unsere Bewegungen werden schneller, hastiger und ich kann die Welle bereits spüren, die mich durch seine Stöße überrollen will. Meine Finger verkrampfen sich um seine, als er mich mit einem weiteren tiefen Pumpen zu meinem Höhepunkt führt. Mein Stöhnen ist laut und enthält all die empfundenen Gefühle, seit er bei mir ist. Es ist meine Erlösung, und das leichte Zittern meines Körper zeigt ihm deutlich, was er da in mir auslöst. Unsere Hüften vollführen weiter ihren Tanz, bis er mir nach kurzer Zeit ebenso heftig folgt.

Es ist ihm anzumerken, dass er sich nicht von mir lösen will, verharrt er mehrere Minuten in dieser Position. Auch mir widerstrebt es, dass wir uns trennen müssen. Aber ich weiß, dass es das Richtige ist. Würde ich ihm mehr preisgeben, mich eventuell noch verraten, würde ich ihn nur in Gefahr bringen.

Als er sich letztendlich doch von mir entfernt, spüre ich eine Leere, die meinen gesamten Körper ergreift. Jede Faser schreit nach ihm und seinen Berührungen, und wieder komme ich mir schwach und sinnlos vor. Ich darf so nicht empfinden. Es bringt mich durcheinander, und wir haben keine Chance jemals mehr zu haben, als das hier.

Also tue ich das Einzige, was mir einfällt, um ihn und vor allem mich selbst zu schützen. Ich stehe auf, sammle mein Höschen ein, will verschwinden, während er erschöpft auf dem Bett liegt und hoffentlich einschläft. Wäre ich schnell genug, bekäme er nicht einmal mit, wohin ich gehe, und genauso soll es sein. Das hier darf sich keinesfalls wiederholen, ganz egal wie sehr ich mich jetzt schon danach verzehre, ihn kennenzulernen. So leise wie möglich schreite ich zu der kleinen Luke, die mich in den schmalen Gang bringt. Der neben meinem Zimmer, der einzige Ort, an dem *er* mich nicht sehen oder hören kann.

Ich bin bereits durch die Luke, als mich eine starke Hand am Handgelenk greift und festhält.

"Halt, noch mal wirst du nicht weglaufen", und als ich ihm ins Gesicht sehe, erkenne ich, dass er sich mir vollkommen offenbart. Denn die Maske, die seine Identität schützen soll, ist verschwunden.

Mir ist bewusst, dass ich alles auf eine Karte setze, indem ich meine Maske abnehme, aber ich kann sie einfach nicht wieder gehen lassen. Der Sex ist atemberaubend. Sie wirkt so losgelöst von den Dämonen, die sie sonst zu quälen scheinen. Ich weiß, dass ich sie weder kenne noch verbindet uns irgendetwas, und wir haben nur zwei Mal miteinander geschlafen. Und doch zieht es mich zu ihr. Ihr vehementes Sträuben, das wir uns wiedersehen können. Natürlich lebt dieser Club von der Anonymität der Mitglieder, aber sie ist die Chefin. Sie leitet alles. Wenn sie nicht die Regeln außer Kraft setzen kann, wer dann?

Noch immer halte ich ihr Handgelenk umfasst und ihrem Blick stand. Sie sieht ängstlich aus, verletzlich und nervös. Als würde sie von irgendjemandem in diesem Moment verfolgt werden.

"Bitte, gib mir diese eine Chance." Ich weiß nicht, wieso ich noch flüstere, doch sie sprach vorhin so leise, als wollte sie unsere Worte vor jemandem verbergen. Alles in mir fleht sie an, sich mir ein Stück zu öffnen, mir entgegenzukommen und uns die Chance zu geben, einander kennenzulernen. Sie zögert noch immer, blickt aber weiterhin in meine Augen. Vorsichtig greift ihre andere Hand nach meiner und zieht mich mit sich in den Gang. Die kleine Luke hinter uns schnappt mit einem leisen "Klack" zu und wir stehen im Dunkeln. Nur kleine Fackeln an der Wand erhellen den Gang. Ihre Hände entfernen sich von meiner

Haut, und sofort wünsche ich sie dahin wieder zurück. Es ist verrückt. Ich kenne sie nicht, weiß ihren Namen nicht, habe mich noch nicht wirklich mit ihr unterhalten und dennoch will ich bei ihr sein.

Ihre Handlungen sind bedächtig, als würde sie jeden neuen Schritt, den sie mit mir oder in meine Richtung wagt, neu bedenken. Überlegen, ob es richtig ist und ob sie es wirklich tun soll. Das warme Licht spiegelt sich in ihren Augen und lässt sie noch schöner erscheinen.

"Du solltest gar nicht hier sein. Gott, was habe ich mir nur dabei gedacht?" Noch immer spricht sie leise, aber es scheint, als würde sie nicht mit mir reden. Eher mit sich selbst diskutieren, und noch immer verstehe ich kein bisschen, was daran so schlimm ist, dass ich sie sehen und bei mir wissen wollte. Sie schlägt die Hände vors Gesicht, und das Bedürfnis, sie einfach nur im Arm zu halten, übermannt mich. Ich weiß nicht, was ich tue. Das Einzige was ich will, ist, dass sie sich wieder wohlfühlt, dass es ihr gut geht, und ich kann mir noch immer nicht erklären, warum.

Ihr Körper zittert in meinen Armen, ihre Hände noch immer vor ihrem Gesicht, lässt sie zwar zu, dass ich sie berühre und versuche zu beruhigen, erwidert es aber nicht.

"Bitte erklär es mir doch", versuche ich, sie erneut zum Sprechen zu bewegen. Ich will sie doch nur verstehen. Vorsichtig lasse ich meine Hände über ihren Rücken wandern, bleibe ruhig und warte einfach ab, bis sie bereit ist. Die Qualen, die sie leidet, spüre ich deutlich. Ihr Körper fühlt sich in meinen Armen so leicht und zerbrechlich an. Minutenlang stehen wir einfach nur da und ich halte sie. Was auch immer sie verfolgt, ich werde ihr helfen. Irgendetwas in mir muss es einfach tun, selbst wenn sie mir noch so fremd ist. So schnell kann ich gar nicht schauen, wie sie sich aus meiner Umarmung windet und mich gegen die Wand hinter mir drückt. Beide sind wir noch immer halb nackt und ihre Haut brennt förmlich auf meiner. Ihr Blick hat sich geändert, jegliche Nervosität und Ängstlichkeit ist Entschlossenheit gewichen. Ihre Hände liegen auf meiner Brust, ihr Blick bohrt sich in meinen.

Wieder agiert sie schneller, als ich mitdenken kann, und ihre Lippen prallen erneut auf meine. Ihr Kuss ist fordernd und verlangend, nichts ist mehr da von der vorsichtigen Seite, die wir uns vor nicht langer Zeit zeigten. Sie berührt mich unsanft, ihre Fingernägel kratzen über meine Brust, was mich keuchen lässt zwischen ihren hungrigen Küssen. Sie ist getrieben von unendlicher Kraft und zeigt mir deutlich, dass sie mich jetzt und hier will. Ihre Hand ist bereits in meinen Shorts verschwunden und mit ihren warmen, dünnen Fingern massiert sie mir meine bereits wieder sehr erregte Länge.

Auch hier setzt sie ihre Fingernägel gekonnt ein, während die andere Hand mich entkleidet. Meine Hände suchen sich wie von allein ihren Weg und erkunden ihren Körper. Öffnen den Verschluss ihres BHs und schieben unwirsch ihr Höschen Richtung Boden. Wie schon zuvor hebe ich sie hoch und ihre Beine schlingen sich um meinen Körper. Mir ist alles egal, ich will ihr einfach nur geben, was sie jetzt sucht oder vielleicht auch braucht. Bestätigung, Verlangen, ihr zeigen, dass ich es ernst meine, dass ich sie will. Und zwar nur sie.

Selbst in dieser Position pumpt sie unaufhörlich meinen Schwanz, während unsere Zungen einen Tanz vollführen, bei dem keiner die Oberhand erlangen kann. Meine Finger graben sich tief in ihr weiches Fleisch, als ich sie mit dem Rücken gegen die Wand hinter ihr presse. Schwer atmend löse ich mich von ihr und sehe sie einfach an. Sie versteht und entfernt ihre Hand von meinem bereits leicht pulsierenden Glied. Ohne eine weitere Vorwarnung dringe ich in sie ein, warte keine Sekunde, bis sie sich an irgendetwas gewöhnen kann, und ficke sie einfach.

Ihre Brüste drücken sich gegen meinen Oberkörper, ihre Hände zerren an meinen Haaren, während sie sich meinem Rhythmus anpasst. Die Stille des Ganges wird durch unser Keuchen gebrochen, das Licht der Fackeln immer noch so wunderschön auf ihrer Haut. Ich spüre, dass ich dieses Tempo nicht mehr lange aushalten werde, und auch sie zittert bereits unter unseren Bewegungen. Sie zieht meine Unterlippe zwischen ihre Zähne, beißt leicht darauf und entlockt mir ein weiteres kehliges Stöhnen, während ich mich bereits das zweite Mal in dieser Nacht tief in ihr vergrabe und ergieße. Sie folgt mir sofort und das Zusammenziehen ihres Inneren lässt mich erneut die Klippe erklimmen, die ich noch nicht einmal verlassen habe.

Wir verharren anscheinend ewig so an die Wand gelehnt. Ihr Kopf liegt auf meiner Schulter, während wir beide versuchen wieder zu Atem zu kommen. Ihr Überfall ist heftig gewesen. Ich wünsche mir, dass sie ihre inneren Geister besänftigen konnte. Langsam lasse ich sie runter und löse mich von ihr, lehne mich an die gegenüberliegende Wand und hätte sie trotzdem noch berühren können. Erst jetzt vernehme ich den dumpfen Beat der Musik, der durch die dicken Wände des Gemäuers zu uns schallt. Es fühlt sich an, als würden die Wände vibrieren, so heftig spüre ich den Bass. Sie sieht mich noch immer nicht an, hat sogar die Maske noch auf.

"Setz die Maske ab", bitte ich sie und ihr Blick schnellt erschrocken zu mir. Schon wieder ist sie in ihrer eigenen Welt verschwunden.

"Ich --"

"Doch du kannst. Nimm sie einfach ab. Wir sind hier allein", versichere ich ihr, bevor sie wieder irgendeine unplausible Erklärung vorbringen kann. Es scheint, als wäre es endlich zu ihr durchgedrungen, denn ihre Arme heben sich und ihre Finger öffnen den Knoten der Maske. Sie sieht mich nicht an, während sie das tut, sodass ich ihr Gesicht hebe, indem ich meinen Finger unter ihr Kinn lege.

"Du warst mir der Maske schon wunderschön, aber so bist du einfach nur atemberaubend", gebe ich ohne eine Spur von Scham zu, denn genau so ist es. Man konnte zwar ihre unglaublichen Augen unter dem Stoff erkennen, jedoch leuchten sie völlig anders, sobald sie diese abnimmt. Es ist, als würde sie jetzt endlich vollständig vor mir stehen, ich präge mir jeden Millimeter von ihr ein. Beide sind wir nackt, aber es ist, als sei es nicht so. Als würde die Situation nicht komisch oder bedenkenswert sein. Als sollte es genauso sein.

"Mein Name ist Vi", höre ich sie sagen und bin erstaunt, dass sie jetzt von allein angefangen hat, zu sprechen. "Du und ich, das darf nicht sein. Ich weiß, du wirst jetzt wieder versuchen, mich davon zu überzeugen, dass es doch geht, aber es geht nicht. Warum, darf ich dir nicht sagen. Du bist jetzt schon in zu großer Gefahr, und das Risiko, dem ich dich aussetze, ist nicht auszudenken. Es tut mir leid, dass ich dich hier mit rein gezogen habe. Aber wir werden uns nie wieder sehen." Ihre Stimme ist fest und es hört sich an, als würde sie eher sich selbst davon überzeugen wollen, als mich.

"Vi. Das ist doch bestimmt nur eine Abkürzung oder?" Ich will sie nicht weiter bedrängen. Sie soll nur einfach hier bei mir bleiben. Ein Lächeln huscht über ihre Gesichtszüge und endlich sieht sie mich auch wieder an. Dieses einfache Lächeln erhellt ihre gesamte Erscheinung. Fast schon schüchtern streicht sie sich eine lose Strähne hinter ihr Ohr. Und wieder will ich sie einfach nur halten und diesen Moment genießen.

"Ja, das ist wohl richtig. Aber du wirst nicht mehr erfahren." Sie grinst nun und verzehrte ich mich vorher nach ihrem Körper, nach ihren Berührungen, so wird es ab jetzt mein Ziel sein, eben dieses Grinsen immer und immer wieder in ihr Gesicht zu zaubern. Denn genau das ist es. Sie ist bezaubernd, ihre Stimme klingt das erste Mal unbeschwert und leicht. Nur zu gern erwidere ich ihr Lächeln, sodass wir wie zwei Idioten inmitten dieses kaum erleuchteten Ganges stehen und uns angrinsen.

"Wirst du mir verraten, mit wem ich die Ehre habe?" Mein Herz wird allein durch den fröhlichen Klang ihrer Stimme erwärmt, und ich frage mich, wie das alles passieren konnte. Wir kennen uns nicht, wir haben Sex -- Unglaublichen wohl

102

gemerkt - und stehen jetzt hier und lächeln wie verliebte Teenager. Ich bin alt genug, um zu wissen, dass Liebe ein eigenartiges Ding ist, und trotzdem, kann ich mich der Gefühle, die hier auf mich nieder rieseln, nicht erwehren.

"Du kannst mich Zander nennen. Wie alt bist du?" Es fühlt sich wirklich an wie das erste Kennenlernen, das erste Date in meinem Leben. Mein Körper kribbelt, ich bin aufgeregt, meine Hände schwitzen, hervorgerufen allein durch sie und ihr immer noch anhaltendes, unglaubliches Lächeln. Sie hat mich gefangen und ich bin mir sicher, dass ich dieser Gefangenschaft nicht wieder entfliehen will.

"Ich bin 26", gibt sie zu, und ich weiß nicht mal, wieso sie so zurückhaltend ihre Antwort gibt.

"Seit heute", fügt sie hinzu und meine Augen weiten sich. Sie hat Geburtstag. Heute. Ohne darüber nachzudenken, schließe ich sie erneut in die Arme, drücke sie fest an mich, immer noch nackt, wie wir sind, und wünsche ihr alles Gute.

"Wieso sagst du das denn nicht gleich?", entfährt es mir und sie kichert lediglich.

"Weil sich seit acht Jahren keiner mehr dafür interessiert hat, ob ich Geburtstag habe oder nicht", fährt sie fort.

Bitte was? Ich schiebe sie ein kleines bisschen von mir weg, gerade so, dass ich sie ansehen kann und sofort erkenne ich den Schmerz in ihren Augen. Was ist ihr nur wiederfahren? Ihre Arme liegen um meinen Hals, ihre Hände spielen mit meinen Haaren, während wir uns wieder einfach nur ansehen. Ihr Blick wandert zwischen meinen Augen und Lippen hin und her. Sie erwischt sich selbst dabei und kichert wieder. Als würde sie sich darüber amüsieren, wie klischeehaft das wohl gerade aussieht. Aber mir geht es nicht anders. Ihre Lippen sind so voll und einladend, am liebsten würde ich sie gar nicht mehr loslassen.

"Happy Birthday", flüstere ich gegen ihren Mund und schenke ihr einen Kuss. So sanft wie ein Windhauch ist die Berührung zwischen uns. Dennoch fühlt es sich nach so viel mehr an. Sie erwidert meinen Kuss ebenso liebevoll, wie ich ihn ihr schenke. Es ist so völlig anders als noch vor einer halben Stunde, als sie mich überfiel, als müsste sie sich selbst etwas beweisen. In ihr scheint so viel mehr zu stecken als diese Sex-Göttin, die sie nun einmal ist und wie sie alle in diesem Club verehren.

Die Minuten verstreichen, noch immer liegen unsere Lippen fast schon schüchtern aufeinander, bis sie sich zaghaft löst.

"Danke", höre ich sie sagen, bevor sie ihre Wange wieder an meine Schulter schmiegt und mich umarmt.

"Wieso dürfen wir uns nicht sehen?" Ich muss es einfach wissen. Sie zieht mich an, es ist schon fast lächerlich, wie sehr ich sie nach diesem zweiten Treffen begehre. Deutlich ist zu vernehmen, wie sie angestaute Luft aus ihren Lungen presst, während ihre Finger sich in meinen Nacken krallen. Das Thema ist ihr unangenehm, trotzdem muss ich es wissen. Sollte sie das durchziehen, so muss ich verstehen, wieso wir das hier nicht fortführen können.

"Weil ich hier nie wieder weg kann, über das, was ich tue, nicht selbst entscheiden kann, weil das Risiko für dich zu groß ist, weil ich niemals allein bin." Ihr Körper spannt sich bei jedem

Wort ein Stückchen mehr an und meine Verwirrung wächst im gleichen Maße.

"Wenn ich könnte, würde ich es tun. Ich würde einfach hier hinausspazieren und dich wiedersehen. Aber was denkst du, wieso es keine Daten, keine Informationen über mich gibt? Wieso ich nicht mehr als ein Mysterium des Clubs bin, das jeder will, aber keiner wissentlich erlangt?" Ihre Worte dringen in mein Ohr, ebenso die Tatsache, dass ihre Stimme zittert. Verstehen kann ich es dennoch nicht. Das, was sie sagt, ist richtig, man findet nichts über sie.

"Warum?"

"Warum was?", gibt sie zurück, ihre Stimme noch leiser als das Flüstern bisher.

"Wieso bist du hier gefangen? Und wenn dem so ist, wie lange schon?" Mein Körper bebt, so aufgeregt bin ich.

"Seit acht Jahren hat mir niemand mehr zum Geburtstag gratuliert", bekomme ich als Antwort und spanne mich ebenso an, wie sie es schon die ganze Zeit über ist. Acht Jahre? Das muss doch alles einen Grund haben. Ich sollte aber nicht mehr die Gelegenheit bekommen, sie erneut danach zu fragen. Ein letztes Mal drückt sie mir ihre wundervollen Lippen auf, bevor sie sich von mir löst, ein paar Schritte entfernt und ohne ein weiteres Wort in die Dunkelheit des Ganges verschwindet.

Was habe ich nur getan? Schniefend laufe ich ohne noch einmal zurückzuschauen durch den Gang und flehe innerlich, dass er mir folgt und mich weiter nach allem befragt. Es ist verrückt, dass ich mir wünsche, dass er es tut. Ich will es ihm so gern erzählen, aber er ist schon jetzt einem Risiko ausgesetzt. *Er* hat meine Abwesenheit sicherlich bemerkt und auch gesehen, dass mir Zander in den Gang gefolgt ist. *Er* weiß, dass er auf diesen keinen Zugriff hat, ebenso wie auf mein Zimmer. Nach einiger Zeit habe ich nicht nur in meinem Zimmer Privatsphäre, sondern kann mich auch unbeobachtet von *ihm* in den Gängen bewegen. *Er* weiß zwar, dass ich mich hier oder in meinem Zimmer aufhalte, kann mich aber nicht durch irgendwelche Kameras beobachten wie überall sonst. Ich hoffe inständig, dass Zander so schlau ist und einfach dem Gang in die andere Richtung folgt. Denn dann würde er durch meinen geheimen Zugang direkt in die Meute gelangen und es würde niemandem auffallen.

Mein Herz rast noch immer von seinen zärtlichen Berührungen, seinen wundervollen Worten und diesen atemraubenden Küssen. Er ist näher an mich herangekommen als jemals ein Mensch in den letzten acht Jahren, selbst davor habe ich nie so etwas empfunden wie jetzt. Er hat sich in mein Herz gebrannt und ich fühle mich schwach, weil ich es zugelassen habe. Meine Schritte führen mich zielgerichtet zu meinem Zimmer.

Ohne darauf zu achten, zerre ich den Morgenmantel vom Stuhl und lege ihn mir um. Selten zuvor ist mir mein Gefängnis so erbärmlich vorgekommen wie heute. Ich ekle mich vor allem, was sich in diesen ganzen Räumen befindet, ekle mich vor all den Videokameras und am meisten vor *ihm*. Jahrelang habe ich es hingenommen, als mein Schicksal angesehen und mich damit arrangiert, für alle die zu sein, die keiner kennt, aber jeder will.

Ich bin sehr gut auf diesem Gebiet, doch nie habe ich mich so erfüllt und befriedigt gefühlt wie heute. Oder nach dem ersten Mal mit Zander. Er kitzelt mein altes, unbeschwertes Ich mit einer Leichtigkeit hervor, die mir Schauer über den Rücken jagt. Ich denke nicht weiter darüber nach, als ich durch die Küche hetze, vorbei an dem Paket auf dem Tisch, das die Sachen für die nächste Nacht sowie die dazugehörige Anweisung enthält. Dem werde ich mich widmen, wenn ich mich nicht mehr vor Wut übergeben muss. Meine Schritte führen mich gezielt zu meinem Büro, das ebenfalls videoüberwacht ist.

Erst jetzt, nach all den Jahren, fällt mir auf, wie pervers dieses Verhalten eigentlich wirklich ist. *Er* zwingt mich förmlich zur Prostitution und ich habe es einfach hingenommen, aus Mangel an Möglichkeiten, mich zu wehren. Mir fehlt die Kraft, etwas zu unternehmen, und erst in dem Moment, als ich in Zanders Augen blickte, wurde mir klar, dass es vielleicht einen Ausweg geben kann. Natürlich macht mir der Sex Spaß. Ich stehe darauf, harte Schwänze in mir zu spüren, feuchte Spalten zu lecken oder einen Klaps auf den Arsch zu bekommen. All das turnt mich maßlos an. Doch die Entscheidung, wann und mit wem ich das alles erleben will, ist mir verwehrt gewesen. Was würde auf mich zukommen, sollte ich mich *ihm* wiedersetzen? Würde *er* endlich mal persönlich hier auftauchen und mich bestrafen?

Viel zu lange bin ich seine Marionette. Meine einzige Chance, hier zu entfliehen bahnt sich gerade seinen Weg durch die Menge. Er trägt wieder seine Maske, seine Boxershorts verhüllen seine Männlichkeit, und noch etwas ganz Entscheidendes hat er bei sich - meine Unterwäsche samt meiner Maske. Verdammt! Wie habe ich diese nur einfach liegen lassen können? Wie schon mehrfach diese Nacht zuvor scannen meine Augen seinen Körper, nach dem ich mich bereits jetzt fast schmerzlich verzehre. Seine Umarmung hat so viel Kraft ausgestrahlt, mich aufgefangen. Als wüsste er genau, dass ich bald keine mehr habe, das alles hier durchzustehen.

Er ignoriert jeden, der seinen Weg kreuzt, schlägt Hände weg, die ihn zu berühren versuchen, was ein Lächeln auf meine Lippen zaubert. Es sollte mir egal sein, dass ihn die anderen da unten wollen, aber ich kann nicht ändern, dass ich es sein will, die ihn berührt. Seine ganze Haltung ist angespannt, und allein an seinem Gang ist zu erkennen, dass er wütend, sauer und enttäuscht ist. Das Gefühl, ihn in den Arm nehmen zu wollen, wächst erneut und doch weiß ich, dass es so sein muss. Wir dürfen uns nicht sehen. Viel zu groß ist meine Angst, dass *er* Zander außerhalb dieser Mauern etwas antun und schaden könnte. Ich kenne seine Akte und weiß, dass er erfolgreich ist. Allein, wie er seinen Körper verziert, zeugt davon, wie kreativ er selbst zu sein scheint, dabei völlig frei ist. Ganz anders als ich.

Ich darf ihn unter keinen Umständen in meine Welt ziehen, die lediglich aus Dunkelheit besteht. Er dagegen leuchtet heller als jeder Stern für mich. Wie ein Licht, das einem den Weg weist. Nur kann ich diesem Licht nicht folgen, muss in meiner auferlegten Dunkelheit verharren und mein Schicksal hinnehmen.

Zander wird immer kleiner, je näher er dem Ausgang kommt, und steht schon fast im großen Tor, das ihn nach draußen bringen wird. Ich bin mir sicher, er wird nicht wieder hierher zurückkehren, wieso auch. Ich habe ihn stehen lassen und ihm keinen Grund gegeben, wiederzukommen. Er muss einfach verstehen, dass hier Schluss ist. Ob wir wollen oder nicht. Meine Augen brennen, als er nun tatsächlich den Ausgang erreicht, jedoch schreitet er nicht einfach durch ihn hindurch. Tränen laufen mir über die Wange und ich will es nicht mal verhindern. Zander ist seit Jahren die erste Person, die mich hinter der Maske sehen wollte und auch gesehen hat. Und jetzt schicke ich ihn fort. Wie soll ich denn anders darauf reagieren? Noch immer verharrt er im Rahmen des Tors und selbst auf die Entfernung kann ich sehen, dass er nachdenkt.

Meine Sachen in seinen Händen werden zusammengequetscht, die Maske fast schon liebevoll betrachtet. Angespannt beobachte ich, wie sich sein Kopf hebt und er direkt in meine Richtung blickt. Niemand weiß, dass über den Köpfen aller eine verspiegelte Wand ist, hinter der sich mein Büro befindet und doch sieht er mir quasi direkt in die Augen. Sein Blick strotzt nur so vor Entschlossenheit und Widerstand, dass mir ungeachtet des Schniefens, das den

Raum durchbricht, ein Lächeln auf den Lippen erscheint. Kurz hoffe ich, dass er wieder zurückkommen wird, sich seinen Weg zu mir sucht und mich auf einem weißen Ross hier rausträgt. Mein Herz zerspringt beinahe bei der Vorstellung, wie kitschig das wohl aussehen muss, sodass ich wie eine Bekloppte meine Hände gegen die Seite presse und genauso verrückt kichere. Doch nichts geschieht. Ein letztes Mal streift sein Blick über die Menge, zu mir nach oben zurück, und schon ist er durch die massive Holztür verschwunden.

Es fühlt sich an, als hätte er mir einen Dolch direkt ins Herz gerammt, so übermannt mich die Enttäuschung, dass er geht. Schluchzend breche ich zusammen, falle gegen die Scheibe und zucke nicht einmal zusammen, als der Schmerz durch meine Schulter schnellt. Erbarmungslos sticht er immer wieder auf mich ein, während ich bereits am Boden liege. Wie kann ich nur so naiv sein zu glauben, ihn würde wirklich interessieren, warum ich hier bin? Was ist nur in mich gefahren, dass ich dachte, er wäre meine Rettung? Mein Licht, das mir den Weg hier heraus zeigt? Wie um alles in der Welt habe ich annehmen können, er will mich wirklich? Wieder und wieder rasen diese Gedanken durch meinen Kopf. Schier unerträglich wird der Druck, der mich fast zerquetscht, während ich mir versuche zu erklären, wie ich nur so dumm sein konnte.

Die Zeit verstreicht und noch immer hocke ich wie ein Häufchen Elend am Boden, gegen die Scheibe gesunken und bewege mich keinen Zentimeter. Die Tränen sind versiegt, haben aber das brennende Gefühl in meinem Inneren hinterlassen, das mir den Atem nimmt, meine Lungen unangenehm zusammendrückt und mich immer wieder in Schnappatmung verfallen lässt. Es ist mir egal, wie lange ich hier sitze. Es ist mir egal, dass bereits die Musik ausgestellt worden ist und ich eigentlich meinen Rundgang durch die Hallen des Schlosses durchführen sollte. Zu sehr schäme ich mich, dass ich mich von ihm um den Finger habe wickeln lassen, wie ein zähes Stück Kaugummi, das nur darauf gewartet hat, endlich genutzt zu werden. Der Ekel nimmt ungeahnte Ausmaße an, was ist nur in mich gefahren? Hoffnung ist etwas für Menschen, die selbst entscheiden können.

Und nicht für jemanden wie mich, der eingesperrt hinter dicken Mauern sitzt und keine Ahnung hat, wie es weitergehen soll. Zander hat keinen Grund, nur einen weiteren Gedanken an mich zu verschwenden. Wir würden nichts mehr miteinander zu tun haben. Er kann mich getrost vergessen. Ich dagegen sitze hier und kann nicht anderes tun, als daran zu denken, wie gut ich mich in seinen Armen gefühlt habe.

Die Enttäuschung wandelt sich mit jeder Minute, die ich mehr darüber nachdenke, in Wut, die sich so ziemlich gegen alle die mir in den Sinn kommen, richtet. Meine Eltern, dass sie einfach aufgegeben haben, mich zu suchen. *Er,* der so pervers mein Leben kontrolliert, als wäre ich seine Puppe. Zander, der einfach nur ein Wagnis gesucht und mein Herz und die restliche Hoffnung mitgerissen hat bei seinem Sieg über das Unbekannte. Ich selbst, dass ich zuließ, dass er Hoffnungen und Lichtstrahlen in meinen Kopf einpflanzte und das allein nach zwei Treffen, wenn man diese so nennen will. Würde es überhaupt jemanden interessieren, wenn ich einfach weg wäre?

Keiner weiß, dass ich hier bin, vielleicht die Angestellten, aber das würde *er* sicher gut geregelt bekommen.

Ansonsten? Mir fällt niemand ein, denn niemand weiß, wo ich bin. Meine Augen verlassen seit gefühlten Stunden das erste Mal den kleinen schwarzen Punkt direkt vor mir und suchen den Raum ab. Mein Büro ist voll von spitzen Gegenständen, die schnell das Blut über meine Handgelenke laufen lassen können. Mit einem Arm schiebe ich mich nach oben, darauf bedacht meine geschädigte Schulter nicht zu belasten. Es ist klar, dass es *ihn* nicht interessiert, ob ich verletzt bin. Heute Nacht würde eine neue Show stattfinden. Langsam taste ich mich auf wackligen Beinen durch den Raum und muss mich am Rand des Schreibtisches festhalten. Schere, Brieföffner, Taschenmesser. Alles liegt bereit für mich auf dem Tisch. Jedes kann mir helfen, endlich das alles hier zu beenden. Zögerlich greife ich nach dem kleinen Taschenmesser direkt vor mir und lasse die Klinge herausspringen.

Mit dem Fuß ziehe ich mir den Stuhl hinter mich und lasse mich darauf fallen. Nah an meinem Gesicht betrachte ich das glänzende Metall und stelle erfreut fest, dass es sogar scharf ist. Kleine Tropfen Blut bilden sich an der Stelle, an der ich mich leicht am Finger geschnitten habe. Eine unendliche Ruhe durchzieht meinen Körper. Ich kann das alles hier beenden. Noch nie ist mir der Gedanke gekommen, einfach alles selbst in die Hand zu nehmen. Zum Teil bin ich Zander sogar dankbar, dass er mir zeigte, dass es niemanden gibt, der mich wirklich will. Denn erst durch ihn wurde mir bewusst, dass ich das hier nicht mehr will oder kann.

112

Für einen kurzen Moment erhoffte ich mir ein Leben außerhalb dieser Mauern. Die Tatsache, dass dies niemals möglich sein wird, lässt mich auflachen. Hysterisch erklingt meine Stimme durch den leeren Raum. Ich weiß genau, dass *er* mitbekommt, was ich hier tue. Verwunderung, dass *er* noch nichts unternommen hat, um mich zu stoppen, kommt für einen Moment auf. Bis mich die Erkenntnis trifft, dass *er* mich testet. *Er* will wissen, wie weit ich bereit bin zu gehen. Sicher geht *er* davon aus, ich würde lediglich bluffen, um *ihn* herauszufordern. Doch da hat er sich getäuscht. Mit nur einer schnellen Bewegung wird die Haut an meinem Handgelenk geschnitten und ein Schwall Blut tritt heraus.

Es ist viel, das ist mir durchaus bewusst. Der Anblick erfreut mich jedoch. Endlich gibt es einen Ausweg, endlich kann ich über mein Schicksal bestimmen. Unaufhörlich läuft das Blut über meine Hand und tropft auf den schönen, teuren Teppich. Erneut kichere ich lächerlich fröhlich auf, als die Klinge auch über das zweite Handgelenk gleitet. Die gleiche Menge Blut tritt sofort aus. Ich kann nicht hinsehen, merke aber, je länger ich einfach da sitze, wie der zunehmende Blutmangel meinen Körper ergreift. Mein Blick wird weicher, leicht verschwommen, Übelkeit lässt meinen Magen rebellieren, und doch bleibe ich einfach sitzen. Es soll einfach vorbei sein. Sehnlichst warte ich auf die bevorstehende Bewusstlosigkeit, während ich ein letztes Mal an meine Familie denke. Wir waren glücklich, ich war glücklich, meine Kindheit und Teenagerzeit war weder von Drogenproblemen noch ungewollten Schwangerschaften getrübt. Ich habe die Schule geliebt, meinen Sport, meine

Freunde. Meine Eltern und ich sind immer ein unschlagbares Team gewesen. Ich vermisse sie seit Jahren schmerzlich. Immer habe ich die Erinnerungen verdrängt, wusste ich, dass ich sie nie wieder sehen kann. Doch jetzt lächeln mich mein Papa und meine Mama fröhlich an, halten in meinen Gedanken ihre Hände nach mir ausgestreckt und warten auf mich. Wir werden wieder zusammen sein. Da bin ich mir so sicher.

Meine Wahrnehmung nimmt immer weiter ab, bis ich den Raum fast gar nicht mehr erkenne. Wie viel Blut ich verloren habe, kann ich beim besten Willen nicht sagen. Ich wundere mich noch, dass ich darüber nachdenken kann.

Das Letzte, was ich wahrnehme, ist das Aufwerfen der Tür und aufgeregte Stimmen, die versuchen, zu mir durchzudringen.

Zander

Erneut wandert mein Blick zurück zur Uhr im Auto. Drei Stunden sind vergangen, seit ich das Gebäude verlassen habe und ich bereue es jede Sekunde mehr. Ihre Sachen sind sicher in der Jacke verstaut, die Maske liegt wie ein kostbarer Schatz auf meinem Schoß. Ich kann noch immer meine Augen nicht von ihr nehmen. Immer wieder lasse ich die Bilder des Erlebten in meinen Gedanken ablaufen und finde einfach nicht den Punkt, an dem ich den Fehler begangen habe, der sie weglaufen ließ. Ich habe bereits aufgegeben, mich zu wundern, wo Leonard eigentlich steckt, und versuche nur noch zu ergründen, wieso sie mich stehen ließ und wieso ich verdammt noch mal nicht hinter ihr her bin. Der Gang führt nur in zwei Richtungen und es wäre ein Leichtes gewesen, sie zu finden. Da bin ich mir mittlerweile ziemlich sicher.

Das Gefühl ihres letzten Kusses drängt sich nicht das erste Mal in meine Erinnerung, seit ich hier draußen sitze, nimmt mein Herz vollends in Beschlag. Ich kenne sie kein bisschen, weiß gerade mal die Abkürzung ihres Namens, ihren Geburtstag und dass sie laut ihrer eigenen Aussage in diesen Mauern gefangen ist. Doch das ergibt überhaupt keinen Sinn. Jeder Mensch ist frei, kann selbst entscheiden, was er tun und lassen will. Irgendetwas bindet sie an dieses Schloss. Fast fühlt sich die Situation wie ein Märchen an, in dem meine Aufgabe darin besteht, die Prinzessin als glänzender Ritter in Rüstung hoch zu Ross zu retten und ihr danach ein Leben voller Liebe, bunter

Blumen und Schmetterlinge zu bieten. Energisch schüttle ich den Kopf, als ich sie mir in einem wunderschönen langen Ballkleid vorstelle, wie sie an meiner Hand den Saal betritt und wir gemeinsam beginnen, zu einer Musik zu tanzen, die zum Träumen einlädt. Ihre Haare würden traumhaft geflochten über ihrer Schulter liegen, ihr Make-up wäre dezent, ein glitzerndes Diadem würde ihren Kopf zusätzlich schmücken. Wir würden strahlen, wären glücklich und könnten das der ganzen Welt auch zeigen.

Doch so sitze ich allein in meinem Auto und wäge die Möglichkeiten ab, die ich jetzt habe, und sie vergräbt sich irgendwo in diesem Objekt und hat Angst etwas zu wagen. Denn ist es nicht genau das? Hat sie überhaupt schon einmal versucht, zu fliehen? Will sie ihren goldenen Käfig überhaupt verlassen? Kurz durchziehen mich Zweifel, dass es vielleicht nur ein Spiel für sie gewesen ist, das sie immer mal wieder abzieht, wenn ihr langweilig ist. Aber das kann ich mir nicht vorstellen. Ihre Augen strahlten so viel Ehrlichkeit, Schmerz und Angst aus, das kann niemand spielen. Da bin ich mir sicher.

Wieder huscht mein Blick zur Uhr und ich checke mein Handy, ob er mir vielleicht geschrieben hat, er ist mit irgendeiner Frau abgehauen - aber nichts. Resigniert lasse ich mich wieder in den Sitz fallen und denke noch mal über alles nach.

Warum nur zieht sie mich so an? Ich weiß nichts über sie, und doch ist da dieses Gefühl, dass wir miteinander verbunden sind. Meine Gedanken schweifen immer mehr ab und schon stelle ich mir uns als frisch verheiratetes Paar vor. Meine Hände lägen auf ihrem runden Bauch und unser Leben wäre voll

Glück. Doch genau das wird laut ihr niemals geschehen. Mein Kopf knallt gegen die Autoablage vor mir und ich schlage noch ein paar Mal dagegen, nur um diese unsinnigen Gedanken loszuwerden. Ich komme mir vor, als drehe ich langsam durch, als würde mich dieses gesamte Durcheinander schon jetzt völlig in den Abgrund ziehen. Es ist verrückt, vollkommen abgedreht, und doch will ich so sehr, dass es weitergeht, dass es eben nicht hier zu Ende ist. Ein letztes Mal knallt meine Stirn gegen das harte Plaste des Autos, als mein Handy plötzlich zu vibrieren beginnt. Ein paar Augenblicke dauert es, bis es auch bei mir ankommt, dass mich jemand versucht zu erreichen. Schnell suche ich das kleine Gerät heraus und sehe erleichtert, dass Leonard sich endlich meldet.

„Hey Alter wo bist du? Ich warte seit Stunden hier im Auto auf dich", gebe ich ungehalten von mir, als ich den Anruf entgegen nehme.

„Beruhig dich bitte. Weißt du noch, was ich dir über die Königin erzählt habe heute? Ihre Tattoos und so weiter?" Mein Herz stoppt bei seinen Worten, ich versuche, ihm irgendwie zu folgen und nicke. Bemerke dann aber, dass er das nicht sehen kann, und bestätige seine Frage noch einmal mit einem leisen „Ja", und warte gespannt, dass er weiter spricht. Er klingt völlig außer Atem und nervös.

„Leonard würdest du mir jetzt bitte sagen, wo du bist und wann wir endlich los können? Der Abend war beschissen genug, da hab ich keine Lust, auch noch den Rest davon hier im Auto verbringen." Langsam aber sicher werde ich sauer, dass er mich hier warten lässt und dann auch noch völlig unsinnige Fragen stellt und das alles mitten in der Nacht. Meine Hand, die das Handy nicht hält, krallt sich schon fast in ihre Maske. Das Einzige, was ich von ihr habe, sieht man mal von der Unterwäsche ab, die ich tief in meinem Schrank verstecken werde.

„Bitte, du musst unbedingt ruhiger werden und dich dann wieder ins Objekt begeben. Zander, ich hatte mich hier drin verlaufen und war irgendwann mit der Letzte. Keine Ahnung, die Nacht war, glaub ich ein wenig zu heavy, auf jeden Fall war ich gerade dabei einen Ausgang zu finden", eine kleine Pause tritt ein, als würde er nach einem Sprint Luft holen, atmet laut in den Hörer „und hab dann so einen komischen Typen gesehen. Frag mich echt nicht wieso, aber er schlich so seltsam durch die Hallen, aber den Rest, der noch da war, schien es gar nicht zu interessieren. Mein einziger Gedanke war, hier irgendwie rauszukommen und ich bin ihm einfach gefolgt und plötzlich verschwand er in der Wand. Ich hab keine Ahnung, wie alt dieses Schloss ist aber ALTER, es hat Geheimgänge mit stilechten Fackeln und allem, was dazugehört."

Eine erneute Pause tritt ein und so schnell, wie er atmet, bleibt mein Herz fast stehen und ich halte die Luft an. Er hat den Gang gefunden. Hat er etwa Vi gefunden? Das wäre doch völlig abgedreht. Energisch schüttle ich das gefühlte hundertste Mal den Kopf, seit ich hier draußen bin, und warte rastlos, dass mein bester Freund endlich fortfährt.

„Also ich bin diesem Typen auf jeden Fall hinterher, immer tiefer durch die Gemäuer, und ich schwöre dir, so viel Schiss wie jetzt hatte ich in meinem ganzen Leben nicht. Ich glaub, er hat mich nicht gesehen bis jetzt, ich bin hier irgendwo in einem kleinen Raum direkt neben dem, in den er gegangen ist. Aber hier ist eine Scheibe eingelassen und ich kann ihn sehen. Kumpel, er ist nicht alleine. Vor 5 Minuten ist ein Arzt gekommen. Er hat eine Frau gefunden, mit aufgeschnittenen Pulsadern. Ich weiß nicht wieso, aber ich glaube, das ist sie. Und ich habe Angst, unglaubliche Angst, denn als er sie fand, wurde er unglaublich nervös. Ich vermute, es ist ihr Büro oder so was, aber es hat ebenso eine Scheibe wie der Raum hier und man kann die ganze Halle unten beobachten. Zander, dort drüben ist alles voller Blut und sie hat bis jetzt noch nicht auf ihn oder den Arzt reagiert. Du musst herkommen, wenn es wirklich sie ist, wir müssen doch irgendwas tun."

Habe ich gedacht, mein Herz sei vorher stehen geblieben, so läuft es jetzt einen Marathon. Sie hat sich etwas angetan. Ich muss nicht lange überlegen und bin mir sicher, dass sie es ist. Diese Scheibe, die Leonard beschrieben hat - habe ich es doch gewusst, dass ich ein Schimmern erkannte, als ich ein letztes Mal zurücksah, bevor ich ging. Mein Herz schlägt gegen meine Brust und das Atmen fällt mit jedem Atemzug schwerer. Sie wollte sterben. Wie habe ich sie nur gehen lassen? Ist dieser Typ, von dem Leonard spricht, derjenige, der sie hier festhält?

„Leonard kennst du den Typen irgendwoher? Vielleicht jemand aus der Stadt, Politiker, hohes Tier, irgendwas?"

„Vergiss es, ich erkenne kaum etwas. Er hat seine Kapuze so tief ins Gesicht gezogen, dass nichts zu sehen ist. Aber er sieht aus, als würde er sich ehrlich Sorgen machen. Zumindest ist seine Körperhaltung extrem angestrengt. Ich hab keine

Ahnung, was ich tun soll. Ich hab ein mieses Gefühl, das sieht nicht gut aus. Sie ist völlig bleich. Es sieht aus wie nach einem Massaker." Das Zittern seiner Stimme ist deutlich zu hören, und mit jedem Wort von ihm wird mir ein Stückchen übler. Sie stirbt und ich kann nichts für sie tun. Ich bin bereits aus dem Auto gesprungen, mit großen schnellen Schritten nähere ich mich dem Eingangstor. Der Gorilla, der uns heute schon einmal Einlass gewährt hat, steht auch jetzt mit verschränkten Armen davor.

„Leonard ich bin auf dem Weg zu dir. Wir müssen zu ihr. Ich bekomm dieses Gefühl nicht los, dass es ganz schlecht ist, wenn der mysteriöse Typ in ihrer Nähe ist." Noch ein paar Meter trennen mich von der Security, die mich aber bereits mit einem undurchdringlichen Blick bedenkt.

„Du musst dich beeilen. Sie sind dabei, sie für einen Transport vorzubereiten. Wenn sie sie wegbringen, geh hinterher", bitte ich ihn, ich will sie nicht mit ihm alleine lassen. Ich weiß, ich klinge wie die Pussy, aber wenn er es wirklich ist, dann ist sie in größerer Gefahr, wenn er bei ihr bleibt, als wenn sie schwer verletzt ist.

„Ich werde es versuchen, aber was soll ich denn tun? Er wird sie so doch nicht allein lassen." Er hat recht, das ist mir klar, aber trotzdem lässt mich seine Anwesenheit in ihrer Nähe ein wenig ruhiger werden. Ich habe den Eingang erreicht und halte dem bulligen Typen mein Bändchen unter die Nase. Doch er stoppt mich, bei meinem Versuch an ihm vorbeizukommen.

120

„Kein Zutritt mehr heute. Der Club ist bis auf Weiteres gesperrt." Seine Stimme ist monoton und neutral und doch habe ich das Gefühl, er weiß mehr, als seine Aussage vermuten lässt.

„Was ist denn passiert? Hat sich jemand verletzt?", bohre ich ein wenig, erhalte aber bis auf einen strafenden Blick keine Antwort. Okay, so werde ich es nicht schaffen, dort rein zu kommen.

„Hören Sie, ich muss wirklich noch mal rein, nur ganz kurz, ich hab meine Schlüssel in der Kabine vergessen, soll ich im Auto schlafen?" Es ist bestimmt nicht die beste Ausrede, etwas anderes fiel mir nur leider nicht ein. Leonard ist noch immer am anderen Ende der Leitung, ich kann seine unruhige Atmung durch den Hörer vernehmen und bin erneut froh, dass er sich dort drin befindet und somit weiß, was mit ihr geschieht.

„Zander, du musst dich beeilen, sie tragen sie jetzt raus, warte", man hört ein Knacken und ich vermute, dass er nachsieht, in welche Richtung. Richtig wäre es, wenn sie raus aus diesen Mauern kommen würde, in ein Krankenhaus, denn dort gehört sie hin, soll sie eine Chance bekommen.

„Sie bringen sie tiefer ins Gebäude", ist jedoch seine weitere Erklärung, und als Nächstes hört man leise Schritte, die sich anscheinend schleichend fortbewegen. Will er gar nicht, dass sie überlebt? Dann hätte er sie doch auch einfach dort verbluten lassen können. Übelkeit breitet sich erneut in meinem Körper aus und nur mit viel Anstrengen schaffe ich es, dem Typen, der mir übrigens immer noch keine Antwort gegeben hat, nicht auf die Schuhe zu kotzen. Den Geschmack der Galle habe ich bereits auf der Zunge und es wird nicht mehr lange dauern. Ich könnte es einfach nicht mehr verhindern. Zu Angst einflößend ist die ganze Situation.

„Zander, sie sind jetzt in irgendeinem Zimmer. Ich kann sie nur leise sprechen hören. Bist du schon drin?" Leonard spricht nur leise, und ich überlege kurz, wie ich ihm das je danken soll.

„Nein ich werde abgeblockt." Widerwillig drehe ich mich um und tue so als würde ich zurück zum Auto gehen. Als ich mir sicher bin, dass er mich nicht mehr sieht, biege ich hinter einige Autos und suche einen Weg um das Gemäuer rings rum. Ich muss zu ihr, das bin ich ihr einfach schuldig. Wir kennen uns erst seit Kurzem und hatten kaum Zeit einander kennenzulernen, aber es zieht mich zu dieser Frau. Und wenn es das Letzte ist, was ich tue. Ich will bei ihr sein und ihr beistehen. Nur so kann ich ihr helfen. Die Nachtluft verwandelt meinen Atem in leichten Nebel, während ich krampfhaft einen Weg in dieses Schloss suche.

„Leonard?", vergewissere ich mich, dass er noch auf der anderen Seite der Leitung ist.

„Ja, ich bin noch da. Zander, ich möchte echt nicht wissen, was sie darin mit ihr anstellen. Ich kann aber nur zwei männliche Stimmen ausmachen. Sie ist immer noch nicht aufgewacht. Was soll ich denn tun, wenn sie dort drin stirbt und die Typen noch mehr Scheiße mit ihr bauen? Verdammt, sie gehört in ein Krankenhaus", regt er sich deutlich angespannt auf, und ich kann ihm nur zustimmen. Es ist unverantwortlich, sie hier zu behalten. Was, wenn sie wirklich zu spät gekommen sind? Dass wir vielleicht nicht einmal mehr die Chance bekommen sollen, erneut miteinander zu sprechen, ruft einen unerträglichen Schmerz in mir hervor. Der Gedanke daran, kein weiteres Mal ihren unglaublichen Duft einatmen zu können oder mir jeden Zentimeter ihres perfekten Gesichts einzuprägen, lässt mich zusammenzucken.

Mittlerweile bin ich an der Rückseite angekommen und versuche, in dieser alles verschluckenden Dunkelheit, irgendeinen Hinweis auf einen Eingang zu finden. Ein mattes Licht aus einem kleinen Fenster über meinem Kopf erregt meine Aufmerksamkeit, und ich bin mir sicher, könnte ich die Wand hochklettern, würde ich sie dort drin finden. Er muss sie allein lassen, und Leonard sie da raus kriegen. Wir müssen das einfach schaffen. Ich könnte ich es mir niemals verzeihen, würde sie dort drinnen sterben. Nur weil ich zu feige gewesen bin.

Viola

„Dachtest du wirklich, du könntest mir so entfliehen? Wie naiv musst du sein, dass du dir eingebildet hast, mich je verlassen zu können?" Es sind die ersten Worte, die ich vernehme, als ich langsam wieder zu Bewusstsein komme. Mein Kopf dröhnt und ich fühle mich wie erschlagen. Zeitweilig weiß ich nicht mehr, was passiert ist. Warum ich diese beiden Sätze gerade gehört habe und bilde mir kurz ein, dass es vielleicht nur Einbildung ist. Doch der stechende Schmerz, der von den Handgelenken ausgeht und in meine gesamten Arme strahlt, holt mich zurück in die Realität. Genau der, dem ich so verzweifelt entfliehen wollte. Und doch durchzieht mich ein kleiner Hoffnungsschimmer. Denn wer auch immer so mit mir spricht, erwähnt Zander mit keiner Silbe. Sollten wir das Glück gehabt haben und er weiß nicht, was geschehen ist, bevor ich meine Entscheidung traf? Ich weigere mich, darauf aufmerksam zu machen, dass ich wieder anwesend bin und ertrage ohne einen Mucks einen Stich in den Arm, spüre das Eindringen einer Nadel, wie ich vermute. Wieder nehme ich einen warmen Atem in der Nähe meines Ohrs wahr und ich hoffe inständig, dass ich nicht mit einer unangenehmen Gänsehaut reagiere.

„Meine kleine, liebe Viola, was soll ich jetzt nur mit dir machen? Es erscheint fast schon zu hart, wenn ich dir die Privatsphäre deines Zimmers entziehe. Mh, was sollen wir nur tun? Aber irgendwie habe ich fast ein schlechtes Gewissen." Die Stimme verstummt und als die Erkenntnis mich trifft, dass er

124

mit mir direkt spricht, hier bei mir ist und mich anscheinend gefunden hat, treibt die Übelkeit in meinem Magen nur voran. Der Zwang, die Augen geschlossen zu halten steigt, will ich keinesfalls noch schwächer vor ihm erscheinen. Außerdem ist mein Drang danach, zu erfahren, wer *er* ist, gebrochen. Ich will es nicht wissen, zu groß ist die Angst, dass das Wissen seines Aussehens mein Leben hier noch schwieriger machen wird. Ich lebe, habe mein Ziel nicht erreicht und das bedeutet eine Strafe, da bin ich mir überaus sicher. Zumal er es ja bereits ankündigt hat gerade.

Ich bilde mir keineswegs ein, mein Zimmer in der gewohnten Art behalten zu können. In seinen Augen wird das alles nur passiert sein, weil er mich aus den Augen ließ. Wenn es auch nur für wenige Momente am Tag war.

„Ich denke, ich werde dir weiterhin dein Zimmer lassen. Aber ab sofort machst du keinen Schritt mehr ohne mich. Ein Peilsender sollte hier eine Lösung sein. Mir wird bestimmt etwas einfallen. Was denkst du? Ist das angemessen für dein Verhalten? Ich habe ja fast ein wenig das Gefühl, ich bin daran schuld, dass du versucht hast, zu entfliehen. Ist dem so? Habe ich dich so weit getrieben? Habe ich dich nicht immer gut behandelt? Dich deine Bedürfnisse befriedigen lassen und dir all deine Fantasien, die du als Teenager je hattest, erfüllt? Ich verspreche dir, das wird nicht noch einmal passieren." Der Atem und die leise Stimme verschwinden aus meiner Wahrnehmung und ich hoffe inständig, dass er mich endlich allein lässt. Ein Schauer überläuft meinen Rücken, denn tief in mir kenne ich diese Stimme. Ich kann sie nicht zuordnen, aber sie kommt mir so bekannt vor. Wie eine lang verdrängte Erinnerung, die jetzt nicht an die Oberfläche dringen kann. Ich versuche nicht erst, danach zu graben, wieso mir diese Stimme so bekannt vorkommt. Denn niemals könnte jemand aus meinem damaligen Umfeld mir so etwas antun. Ich muss es mir einbilden. Ganz sicher.

Er soll mir so viele Peilsender, GPS-Sender oder Sonstiges verpflanzen, unter die Haut schieben, was auch immer, solange er mich nicht mit Zander gesehen hat. Zwar verspüre ich noch immer diese unglaubliche Ernüchterung, dass er nur ein Spiel mit mir gespielt haben muss, aber er soll nicht in seine Krallen kommen. Dieser Mann hat mir gezeigt, dass ich noch ein Mensch bin, der Gefühle hat, dem das Ganze hier nicht egal ist, so wie ich es mir selbst seit zu langer Zeit eingeredet habe. Und wenigstens dafür bin ich ihm dankbar.

„Sir, wir sollten sie jetzt allein lassen. Sie braucht Ruhe, wenn Sie wirklich wollen, dass sie übermorgen wieder unten ist." Er will einfach so weitermachen? Ich habe verdammt noch mal versucht, mich umzubringen. Wie soll ich innerhalb von 48 Stunden wieder so fit sein, diese Nächte hier zu überstehen. Dass er mir eine Nacht Pause gewährt, kommt nicht wirklich bei mir an. Was für ein Monster ist dieser Typ?

„Ich bin mir sicher, sie wird das hinbekommen. Sie weiß ja, wie sie ihre Anweisungen erhält. Stellen Sie ihr alle Medikamente so in die Nähe, dass sie sich allein bedienen kann. Die restlichen Mitarbeiter wissen, dass sie ihr nicht zu nahe kommen dürfen, morgen ist der Club geschlossen. Wann, denken Sie, können wir den Eingriff vornehmen?" Ich bin

126

erstaunt, dass die beiden Herren noch immer nicht bemerkt haben, dass ich wieder bei Bewusstsein bin. Sie sprechen über mich, als wäre ich nicht anwesend, und in diesem Moment bin ich darüber sehr froh. Denn so weiß ich wenigstens, was er vorhat. Was er weiß und dass er mich isolieren will. Noch mehr als ohnehin schon, wenn das überhaupt möglich ist.

Eine leichte Berührung verlangt mir erneut meine gesamte Willensstärke ab, nicht zusammenzuzucken. Fast schon zärtlich streicht eine raue Fingerkuppe über meine Wange und eine Strähne aus meinem Gesicht.

„Meine Schöne, das wird nie wieder passieren, das versichere ich dir. Das nächste Mal wird niemand da sein, dich zu retten. Schade, dass du noch immer nicht erwacht bist, zu gern hätte ich dein Gesicht gesehen, wenn du mich erkennst. So schnell wirst du diese Möglichkeit nicht noch mal erhalten." Lippen werden auf meine Stirn gedrückt und die bereits bestehende Übelkeit bahnt sich schon fast ihren Weg bei seiner Berührung. Erkennen? Soll das bedeuten, ich kenne ihn? Wie kann das sein? In meiner früheren Umgebung ist niemand, der zu so etwas fähig gewesen wäre. Oder?!

Schwere Schritten hallen durch das Zimmer und das Zuschlagen einer der Türen dringt an meine Ohren, als er anscheinend endlich dieses verlässt, und ich lausche, ob auch die zweite Person mich allein lässt. Doch die leiseren Schritte kommen noch einmal zu mir, halten neben meinem Bett, und das Klappern von Tabletten in Plastikdöschen ist zu vernehmen.

„Ich weiß, dass Sie wach sind, Viola. Aber er wusste es nicht, das versichere ich Ihnen." Dieses Mal kann ich es nicht verhindern, dass meine Augen vor Schreck aufgehen. Schnell schließe ich sie wieder, die Helligkeit hier im Raum ist sehr unangenehm für mich.

„Machen Sie langsam. Sie haben sehr viel Blut verloren", weist mich der Arzt an, und ich versuche ein zweites Mal, jedoch vorsichtiger, meine Lider zu öffnen. Fast schon erwarte ich, dass er doch noch im Raum steht und mich einfach nur dazu bringen wollte, meine Tarnung auffliegen zu lassen. Erleichtert stelle ich dennoch fest, dass er wirklich verschwunden ist. Der Raum ist bis auf den älteren Mann neben mir leer. Mein Körper ist in einen Pullover und schwarze Leggings gehüllt. Die Vorstellung, dass er mich berühren musste, um mich anzukleiden, ruft die bis jetzt unterdrückte Gänsehaut hervor und schürt die Übelkeit nur noch mehr. Ich würge und versuche krampfhaft, die aufkommende Galle wieder runterzuschlucken. Doch als mir eine silberne Schale unter die Nase gehalten wird, lasse ich es einfach raus. Geräuschvoll übergebe ich mich mehrere Minuten, sodass es mir die Tränen in die Augen treibt. Die Schale wird weggenommen, sobald er sicher ist, dass ich endlich nichts mehr zum Entleeren habe, und er hält mir dafür eine Flasche Wasser hin. Gierig lasse ich die kühle Flüssigkeit durch die Kehle rinnen und versuche, den ekelhaften Geschmack, der sich in meinem Mund breitgemacht hat, verschwinden zu lassen.

„Wie lange war ich weg?" Meine Stimme kommt krächzend hervor und kratzt unangenehm in meiner Kehle. Es hält mich aber nicht davon ab, meine Fragen zu stellen. Erneut setze ich die Wasserflasche an und leere sie mit nur einem Schluck.

128

„Mehrere Stunden, es ist bereits 7 Uhr morgens." Ich kann nicht verhindern, dass sich meine Augen weiten, als ich nachrechne. Ob Zander bereits friedlich in seinem Bett schlummert? Ich hoffe so sehr, dass es ihm gut geht. Ich würde es mir nicht verzeihen können, wenn er in die Fänge von ihm geriete.

„Es ist Irrsinn, Ihnen nur zwei Tage Ruhe zu geben, aber ich habe alles versucht, das müssen Sie mir glauben", gesteht mein Arzt, und ich kann deutlich Verzweiflung in seiner Stimme erkennen. Sein Anblick ist schon fast mitleiderregend, mit hängenden Schultern und gequältem Gesichtsausdruck. Wie muss ich dann erst aussehen?

„Was muss ich denn jetzt alles zu mir nehmen? Wird er wiederkommen? Oder Sie?" Meine Fragen sprudeln förmlich aus mir raus und mit jeder Einzelnen fällt sein Gesicht ein Stück mehr ein. Man sieht ihm an, wie sehr diese ganze Geschichte an ihm zerrt. Wahrscheinlich weiß er schon lange, dass ich hier bin. Passt auf mich auf und durch ihn erhalte ich mal meine Medikamente, sollte ich sie benötigen.

„Ihre Medikamente stehen hier. Ich vermute, er wird nicht noch mal hier auftauchen. Er kann sie ja bis auf diesen Raum und den Gang hierher überall überwachen. Wie sonst hätte er Sie sonst finden sollen, mir selbst ist es untersagt, erneut nach Ihnen zu sehen. Aber sollten Sie irgendwann die Möglichkeit der Kommunikation haben, melden Sie sich bei mir, bitte." Meine Lider werden wieder schwer, ich spüre, wie Schlaf mich zu übermannen droht und ich nur noch entfernt die Stimme meines Gastes vernehme.

„Sie sollten sich jetzt wirklich ausruhen", höre ich ihn noch sagen, bevor erneut die Tür zuschlägt und ich in einen leichten Schlaf abdrifte.

Ein erschrockenes Keuchen lässt mich die Augen wieder öffnen. Die Sonne scheint bereits hell durch das Fenster direkt hinter mir, und ich brauche ein paar Sekunden, um mich zu sortieren. Mein Blick sucht angestrengt meinen ungewünschten Wecker und ich sehe plötzlich in die warmen Augen eines mir fremden Mannes. Seine Augen sind ebenso wie meine geweitet, als ich versuche, mich aufzusetzen und so weit wie möglich von ihm wegzukommen. Ist er doch zurückgekommen? Angst macht sich in mir breit, als er langsam näherkommt und sich beinahe bedächtig auf meiner Bettkante niederlässt.

„Vi", sagt er lediglich und die Angst verschwindet. Niemals würde er meinen Kosenamen nutzen, *er* weiß ihn wahrscheinlich nicht mal, da er ihm zu mädchenhaft sein würde. Der Einzige, der ihn wissen kann, ist Zander.

„Du kennst Zander", platzt es bei dieser Erkenntnis aus mir und mein Gegenüber nickt lediglich.

„Wie, was, wie geht das? Was machst du hier?" Wie schon Stunden zuvor kann ich den Schwall an Fragen unter keinen Umständen unterdrücken, und ein amüsiertes Lächeln breitet sich auf den Lippen des braunhaarigen jungen Mannes aus.

„Das werde ich dir gleich erzählen, aber erst mal möchte dich jemand anderes sprechen." Er hält mir sein Handy vor die Nase und ich erkenne, dass er ein Gespräch auf der Leitung hat. Zander steht dort in kleiner Schrift, vorsichtig greife ich nach diesem Gerät, weiß nicht wirklich, was ich denken soll. Was macht dieser Typ hier? Wie hat er es geschafft, mein Zimmer zu finden? Und wieso soll Zander mit mir sprechen wollen, wenn er mich so einfach hier allein zurückgelassen hat. Wut lodert dort, wo einst mein Herz seinen Platz gehabt haben sollte. Das aber wieder und wieder mit Füßen getreten wurde.

„Ich will nicht mit ihm sprechen", gebe ich aus diesem Grund auch zurück und verschränke vorsichtig, um meine Wunden nicht zu reizen, die Arme vor der Brust. Noch immer fühle ich mich wie von einem Bus überrollt und ich suche auf dem kleinen Tischchen neben mir nach etwas, das meinen Hunger lindern kann. Vielleicht wird es mir dann endlich ein wenig besser gehen.

„Zander, ich glaub, so einfach wird das nicht", erklärt der bis jetzt namenlose Fremde meine Abweisung und selbst ich kann durch den Hörer ein lautstarkes Seufzen vernehmen. Gleich wurde etwas am Handy verstellt und das Gerät direkt zwischen uns gelegt.

„Vi, bitte sprich mit mir. Es tut mir so wahnsinnig leid. Ich hätte dich nicht alleine lassen sollen", erkenne ich durch das Telefon Zanders verzerrte Stimme, und mein Herz schlägt einen Purzelbaum. Seine Worte treffen mitten in mein geschundenes Kernstück, heilen die ersten Risse und doch ist die Enttäuschung einfach zu groß. Demonstrativ drehe ich den Kopf weg in Richtung des Tisches und greife nach einem Apfel, der sich darauf befindet. So sehr ich mich nach seinen Liebkosungen, sei es in Form seiner Worte oder seiner Berührungen, sehne und mir wünsche, er würde mir gegenübersitzen und nicht sein Freund, so sehr kann ich es auch nicht einschätzen, ob das alles zu seinem grausamen Spiel gehört. Aber wieso hätte mein Gegenüber dann so lange warten sollen, bis ich alleine bin?

„Ich möchte nur wissen, ob es dir gut geht. Leonard hat mir erzählt, was passiert ist und ... und ... ich ... " Seine Stimme bricht und er versucht eindeutig, ein leises Schluchzen zu unterdrücken. Es treibt mir die Tränen in die Augen, ihn wegen mir so leiden zu hören, und das Eis bricht einfach. Meine sorgsam aufgebaute Mauer bröckelt in großen Stücken und ich greife mir Leonards Handy. Ein stechender Schmerz durchzuckt erneut meine Hand, aber ich schaffe es, ihn zu ignorieren. Sie müssen mir starke Medikamente verabreicht haben, wenn ich mich lebendiger fühle als bei dem Gespräch mit dem Arzt. Ob sie mir eine Infusion verabreicht haben? Der Arzt hat mich behandelt, bevor ich aufgewacht bin, und ich hoffe es. Denn anders kann ich mir meinen derzeitigen Zustand nicht erklären. Der Arzt meint, ich hätte viel Blut verloren. Aber bis auf den pochenden Schmerz in den Handgelenken und das Dröhnen meines Kopfes, geht es eigentlich. Es macht mir Angst, denn was auch immer mir hilft - es muss heftig sein. Sein Blick ist auf mich gerichtet, warm und mitfühlend lässt er mir meinen Raum, als ich mir mit dem Gerät in der einen Hand die immer wiederkehrenden Tränen mit der anderen aus dem Gesicht wische.

„Zander", hauche ich flehentlich, ich will wieder sein unglaubliches Lächeln hervorrufen, das auch, wenn ich es nicht sehen kann, sich in meine Erinnerung eingebrannt hat und ich genau weiß, dass es meine Rettung sein würde.

„Es tut mir so leid, das musst du mir glauben", wiederholt er erneut seine Entschuldigung und dieses Mal lasse ich zu, dass sie in jede Faser meines Körpers dringt und den Schmerz lindert, den er hervorgerufen hat, als er ging. Meine gesamte Aktion ist das Ergebnis einer Einbildung, dem Einreden unwirklicher Tatsachen, da er mir sämtliches Vertrauen in die Menschen versaut hat.

„Ich glaube dir", antworte ich nach schier unendlichen Sekunden und er atmet erleichtert auf. Schüchtern sehe ich wieder zu Leonard, dessen Lippen wieder ein amüsiertes Grinsen ziert. Ich strecke ihm die Zunge heraus, und er muss sich zusammenreißen, nicht in lautes Gelächter auszubrechen.

„Ich muss dich wiedersehen. Du darfst so etwas nie wieder tun. Ich weiß nicht, was es ist zwischen uns, aber der Gedanke, dich für immer verloren zu haben, nachdem ich dich gerade erst gefunden habe – wenn man es so nennen möchte – hat mich mit umgebracht. Das kann ich nicht noch mal durchstehen." Ich kann förmlich spüren, wie mein Herz wieder eins wird und die Wunden wie von allein heilen. Es ist verrückt, bescheuert und völlig übertrieben und doch spüre ich dasselbe. Es ist wie Magie, und habe ich genau das früher immer für kitschig, ekelhaft und nie für möglich gehalten, so hat das Leben mich eines Besseren belehrt. Niemals würde ich in diesem Moment von Liebe sprechen. Doch die Anziehung, diese Verbindung zu ihm ist jetzt schon so stark, dass es fast ekelerregend sein müsste. Ist aber in diesem Moment einfach nur mein Rettungsring.

„Ich habe einfach keine andere Möglichkeit mehr gesehen. Ich dachte, du willst mich nicht", gebe ich kleinlaut zu und ein tadelndes Tzz ist zu vernehmen.

„Kannst du aufstehen?", fragt er mich jetzt und kurzzeitig bin ich mir nicht sicher, ob ich es wirklich kann. Vorsichtig schiebe ich meine Beine unter der Decke hervor und platziere sie auf dem warmen Teppich. Der Stoff fühlt sich kuschelig an. Ich lasse meine Zehen mit den Fusseln spielen, bevor ich versuche, mich aufzurichten. Sein Freund erahnt, was ich vorhabe und ist sofort an meiner Seite, hält meinen Arm, während ich meine Kraft ausprobiere. Wacklig sind meine Knie auf jeden Fall. Ob ich wirklich wissen will, wie viel Blut ich verloren habe?

„Du solltest dringend etwas essen, Vi", weist er mich hin und hält mir mit seiner freien Hand, die mich nicht hält, eine Scheibe Toast unter die Nase. Vor mich hin grummelnd schlurfe ich mit der übrig gebliebenen Kraft zum Fenster. Leonard ist so lieb es mir zu öffnen und schiebt mich dann direkt davor, hält mich an der Hüfte und erstaunlicherweise ruft es keinerlei Kribbeln hervor oder sonstiges Anzügliches. Ich schenke ihm einen dankbaren Blick, bevor ich mich ein wenig nach vorn beuge, um gleich darauf einen spitzen Schrei loszulassen.

„Fuck", flucht es lautstark hinter mir und auch der schwarzhaarige Mann im Garten hält seine Hände vor seine Ohren.

„Bitte entschuldige aber, SCHEISSE was tust du hier?", rufe ich nach unten, und mein so ersehntes Lächeln erscheint auf seinen Lippen. Ich drücke Leonard, ohne den Blick von Zander zu nehmen das Handy in die Hand und er quittiert es mit einem

Schnaufen. Circa 30 Meter unter meinem Fenster steht er, sieht todmüde aus und ist trotzdem in meinen Augen der schönste Mensch auf Erden. Das Gebrüll würde auf jeden Fall schnell jemanden auf den Plan rufen, aber ich kann ihn jetzt einfach noch nicht gehen lassen. Ohne ein Wort halte ich Leonard meine Hand hin, der mir auch gleich das Handy wieder gibt. Zanders Nummer ist bereits gewählt. Verwundert blickt er auf sein Handy und wieder zurück zu mir und grinst mich dann an, als er endlich abnimmt.

„Ich konnte dich nicht allein lassen, und nachdem ich wusste, dass Leonard dort drin bei dir irgendwo ist, kam ich gleich gar nicht mehr von hier fort. Wir müssen dich da raus bekommen", beantwortet er mir meine Frage, und wenn ich gekonnt hätte, wäre ich ihm um den Hals gefallen.

„Das wird nicht gehen", muss ich dennoch niedergeschlagen zurückgeben, und sein Gesichtsausdruck passt sich dem meinem an.

„Wir müssen. Du kannst doch nicht auf ewig dort bleiben." Er ist aufgeregt und wütend, das sehe ich ihm an, das höre ich in seiner Stimme an, und doch ist es genauso.

„Er würde mich finden. *Er* kennt mich und laut dem was ich gehört habe kenne ich ihn auch." Leo zieht hinter mir die Luft ein bei meinen Worten, aber anders ist es nun mal nicht.

„Du kannst doch einfach mit Leo rausgehen und schwups bist du frei."

„Ich hab noch nicht mal überlegt, wie Leonard hier überhaupt wieder rauskommen soll, ohne gesehen zu werden. Bis auf diesen Raum und den Gang hierher ist alles videoüberwacht und er sieht auch alles." Wieder schnappt mein Gast nach Luft, und wer kann es ihm verübeln?

„Wer ist er?"

„Ja das wüsste ich auch gern", ist meine Antwort.

Zander

Jetzt stehe ich hier unten und kann sie zwar sehen, weiß, dass es ihr so einigermaßen gut geht, kann sie aber weder berühren noch spüren. Die Tatsache, dass Leo jetzt dort oben bei ihr ist, macht mich einerseits rasend, ich will nichts anderes, als an ihrer Seite sein. Doch andererseits bin ich froh, dass er dort oben ist. Durch ihn weiß ich, was geschehen ist, weiß, dass es einen geheimnisvollen, abartigen Typen gibt, der sie an dieses Schloss bindet, und dass alles videoüberwacht ist. Wie krank muss dieser Mensch sein?

„Was sollen wir jetzt machen?", frage ich sie nach einer ganzen Weile, in der wir uns nur angesehen haben. Würde ich ihr jetzt 'Rapunzel, Rapunzel, wirf dein Haar herunter' zurufen, wären wir endgültig mitten im Märchen angekommen, voller böse Drachen und Hexen, die mir meine Prinzessin stehlen wollen. Wann bin ich eigentlich so sentimental geworden? Und doch fühle ich mich genauso.

„Du solltest einfach deine Haare aus dem Fenster werfen und mich zu dir holen. Zu dritt würde uns bestimmt etwas einfallen", fordere ich sie nun doch grinsend auf und vernehme kurz darauf ihr wunderbares Lachen, das einen Toten erwecken könnte.

„So lang sind sie leider nicht", gibt sie zurück und hält ihren Zopf aus dem Fenster.

„Du hast recht, da müssen wir noch was basteln." Sie strahlt immer noch, aber auch von hier unten kann ich die dunklen Ringe unter ihren Augen erkennen.

„Du musst dich ausruhen", spreche ich deswegen meinen Unmut aus, und auch wenn sie leicht nickt, bewegt sie sich nicht vom Fenster weg.

„Wie geht es dir?" Die Frage ist an sich schwachsinnig, man sieht deutlich, dass es ihr beschissen geht und das Stehen ihre letzten Kräfte raubt. Und ich bin erneut daran schuld, steht sie doch nur wegen mir am Fenster.

„Mir ist ein wenig übel und schwindlig, aber lieber kippe ich um, als dich gehen zu lassen." Ihre Stimme ist nur noch ein leises Flüstern. Ich kann Leo hinter ihr erkennen, der deutlich besorgt zu mir runter sieht.

„Zander, sie muss sich hinlegen", höre ich seine Worte danach auch gleich, was ein heftiges Kopfschütteln bei Vi auslöst.

„Wie soll ich dich denn hoch zu Ross retten können, wenn du jetzt schon völlig am Ende bist?", gebe ich zu bedenken, und ihr Blick wird weich.

„Was machst du nur mit mir?", haucht sie in den Hörer und ein süffisantes Lächeln ziert ihre Lippen.

„Darüber werden wir nachdenken, wenn du wieder völlig bei Kräften bist."

„Das sollte schneller geschehen als wir wollen, denn er will den Club nur eine Nacht geschlossen halten. Danach bin ich wieder seine Hauptattraktion." Das kann nicht sein Ernst sein? Sie hat versucht, sich das Leben zu nehmen, und soll sich in nur 48 Stunden wieder benutzen lassen? Allein der Gedanke daran, dass unbekannte Hände sie berühren sollen, fremde Augen ihren Körper zu Gesicht bekommen, verstärkt die Aggressionen und lässt mich meine Fäuste ballen.

„Das werde ich nicht zulassen", presse ich zwischen meinen Zähnen hervor, und ein Seufzen ist zu vernehmen.

„Wie soll ich mich dagegen denn wehren?" Sie hat recht. Das heißt, wir haben 48 Stunden, sie da rauszuholen, in Sicherheit zu bringen und diesem Mistkerl ein Schnippchen zu schlagen.

„Du musst uns alles über dich erzählen. Wir müssen das einfach hinbekommen" füge ich hinzu, und ihre Augen füllen sich mit Tränen.

„Ich bin so lange hier. Mich vermisst niemand mehr, er würde mich finden, egal wo ich bin ..."

„Entschuldigt bitte, dass ich euch Turteltäubchen unterbrechen, muss aber ich glaube, dein Arzt will dir helfen, hier rauszukommen", unterbricht uns Leonard aufgebracht und hält ein Stück Papier aus dem Fenster.

„Wehe, du lässt das jetzt fallen Freundchen, ich glaube, dann bring ich dich um", warne ich ihn und weiß im selben Moment, dass ich das nie tun würde. Aber es ist zu wichtig, egal, was er gefunden hat. Es muss uns einfach helfen können. Vi nimmt es ihm aus der Hand und lehnt sich an den Rahmen des Fensters. Von Minute zu Minute wird sie bleicher, ihre Stimme kraftloser und ihre Haltung eingefallener.

„Es ist eine Karte des Schlosses sowie des Geländes, es ist jede Kamera eingezeichnet, jedes Mikro. Oh mein Gott, das muss er aus der Überwachungszentrale des Clubs haben. Wie ist er da nur dran gekommen? Da steht was drauf" Sie kneift ihre Augen zusammen, und wieder bin ich froh, Leo dort oben zu wissen. Denn er nimmt ihr die Karte wieder ab und entziffert für sie, was sie nicht lesen kann.

„Es ist, denke ich, seine Nummer, und man kann eine ganz helle rote Linie erkennen. Sie führt von diesem Zimmer hier durch das gesamte Schloss und endet ... sie endet mitten im Wald dort hinten." Seine Hand zeigt irgendwo hinter mich. Ein Geheimgang aus dem Schloss raus? In was für ein Märchen sind wir denn hier nun wirklich geraten? Das wird immer verrückter, wenn das überhaupt noch geht.

„Du musst dich sofort mit Leonard auf den Weg machen, hörst du?"

Meine Finger zittern, als ich darüber nachdenke, sie dort rauszuholen und das sofort. Wir haben eine Möglichkeit, sie zu retten und diese dürfen wir uns nicht versauen lassen.

„Alter, es tut mir leid, dir das jetzt sagen zu müssen, aber das wird sie nicht schaffen." Leo sieht mich entschuldigend an, und ein Blick auf Vi lässt mich zusammenzucken. Mit geschlossenen Augen und eingefallenem Gesicht lehnt sie nun komplett am Fenster, krallt sich mit letzter Kraft an den Rahmen, um noch irgendwie stehen bleiben zu können. Mein Herz schmerzt bei ihrem Anblick, und erneut wünsche ich mir, einfach diese Wand erklimmen zu können.

„Hilf ihr bitte, sich hinzulegen", weise ich Leonard an, der sofort ihren Arm um seine Schulter legt und sie vorsichtig zu ihrem Bett führt. Ich kann ihr schmerzvolles Stöhnen hören, als

140

er sie hinlegt und ein leises Nein, als er ihr das Handy aus der Hand nimmt.

„Du musst zu Kräften kommen, anders haben wir keine Chance", höre ich ihn gedämpft zu ihr sprechen. Seine Stimme ist sanft, und ich weiß, es geht ihm alles ebenso nahe wie mir.

„Viola Cuero", ist das Letzte, was ich von ihr vernehme, bevor Leonard wieder am Fenster auftaucht.

„Ich schicke dir gleich ein Foto von dem Weg und komme dann zu dir. Geh zum Auto. Ich lasse ihr mein Handy hier und sperre bis auf deine alle anderen Nummern. Ich weiß nicht, wie dieser Arzt das gemacht hat, aber er hat ein Ladekabel hier gelassen, diese Karte und eine Geldbörse. Ich habe noch nicht hineingesehen, aber wenn etwas darin ist, was ihr hilft, schicke ich dir ein Bild, hast du mich verstanden? Geh zum Auto und warte dort auf mich. Ich weiß, dass das alles beschissen aussieht, und glaub mir, ich habe genauso Angst vor dem, was kommen wird, aber ich stehe euch bei. Das ist ja zum verrückt werden, wie sehr ihr euch anzieht. Die Funken spürt ja jeder in eurer Nähe. Nach zwei Treffen." Den letzten Satz fügt er grinsend hinzu.

„Ich werde unsere Reise am Wochenende absagen." Ich weiß, dass er nicht begeistert davon sein wird, aber für mich zählt jetzt nur noch, sie da raus zu bekommen. Es ist mir nur zu sehr bewusst, wie verrückt das alles ist und doch kann ich mich meiner Gefühle einfach nicht erwehren. Momentan will ich nichts anderes, als sie kennenlernen. Sollten wir dann feststellen, dass es nicht funktioniert, so wissen wir wenigstens, dass sie in Sicherheit ist und eine Freundschaft uns verbinden kann. Ist Viola erst mal aus ihrem Gefängnis befreit, können wir sehen, wie sich alles entwickelt. Und ob es sich dann immer noch gut anfühlt, wenn wir zusammen sind. Zwar gruselt mich der Gedanke, dass sie wirklich nur Freundschaft will und ich sie nicht so berühren kann, wie ich es mir wünsche, aber das ist immer noch besser als ihre jetzige Situation.

„Geht klar. Sobald das hier alles geklärt ist, wird der Trip nachgeholt. Oder wir nehmen sie einfach mit, sollten wir es bis Donnerstag geschafft haben, sie rauszuholen." Ich traue meinen Ohren kaum und sehe ungläubig zu Leo. Hat er wirklich vorgeschlagen, sie mitzunehmen? Der Leo, der sich so schwer tut, neue Menschen in sein Leben zu lassen und anderen zu vertrauen? Und Viola kennt keiner von uns wirklich. Wir müssen verrückt sein, dass wir diese Aktion für eine Wildfremde planen. Und doch fühlt es sich richtig an. Kein Mensch soll so leben, wie sie es muss.

„Das werde ich dir nie danken können, das weißt du hoffentlich, Mann", antworte ich ihm und er grinst lediglich.

„Oh ja, das ist mir durchaus bewusst", und schon verschwindet er vom Fenster und schließt es.

Zu gern wäre ich jetzt an Leos Stelle, nur würde ich dann nie im Leben aus ihrem Zimmer verschwinden, sondern an ihrer Seite verharren, bis wir raus können. Nur langsam nehme ich meinen Weg zurück zum Parkplatz auf und stelle erschrocken fest, dass mein Wagen verschwunden ist. Panisch suchen meine Augen den Platz ab, und ich erschrecke fürchterlich, als sich der bullige Typ plötzlich hinter mir aufbaut.

„Ich habe mich schon gefragt, wann du endlich wieder auftauchen würdest. Dir ist bewusst, dass du dich unbefugt auf diesem Gelände aufhältst oder?"

Ich habe darauf nichts zu erwidern, mir ist klar, dass er recht hat.

„Aber wenn du es irgendwie schaffst, sie endlich von hier wegzuholen, werde ich noch mal ein Auge zudrücken. Dein Auto steht dort hinten, ich wollte nicht, dass er Verdacht schöpft." Ich muss aussehen wie ein Eichhörnchen, wenn's blitzt, denn mein Gegenüber bricht plötzlich in schallendes Gelächter aus.

„Es tut mir leid, dass ich dich die Nacht nicht rein gelassen habe, aber wir alle wurden informiert, dass er sich auf dem Gelände aufhielt, ich wollte nicht noch mehr riskieren." Noch immer habe ich meine Sprache nicht wieder gefunden. Erst der Arzt, der ihr eine Karte dagelassen hat mit einem Weg hieraus, und jetzt der Securitytyp, der mein Auto vor diesem Mistkerl versteckt. Und auch noch will, dass ich Vi helfe. Meine Überraschung verwandelt sich in Wut. Wieso hat ihr keiner geholfen, wenn sie doch alle auf ihrer Seite zu sein scheinen?

„Wieso?", ist das Einzige, was ich hervor bekomme, und dennoch versteht er es.

„Er hat gegen jeden Einzelnen von uns hier etwas in der Hand, die wissen, was er dort drinnen treibt und wie sie dort drinnen lebt. So sehr sie mir auch leidtut, meine Familie hat meine oberste Priorität – und bevor du fragst – er lässt niemanden von uns kündigen, haben wir einmal die Stelle bei ihm angenommen." Es ist einleuchtend, was er sagt, doch die

Tatsache, dass er unschuldige Menschen für seine Abartigkeit leiden lässt, schürt die vorhandene Wut auf ihn nur noch mehr.

„Wissen Sie, wer er ist?", frage ich, bevor ich mir überlege, dass, wenn nicht mal Vi weiß, wer er ist, wie dann die Angestellten? Niedergeschlagen schüttelt er seinen Kopf und meine kleine Hoffnung zerplatzt so schnell, wie sie gekommen ist.

„Leider nein, die Gespräche hat Miss Viola geführt, doch nachdem sie uns eingestellt hat, meldete er sich bei uns." Mein Herz setzt bei ihrem Namen einen Schlag aus. Sie alle kennen ihren Namen, wieso nur ist keiner zur Polizei gegangen? Und genau diese Frage muss ich ihm einfach stellen.

„Ob du es glaubst oder nicht. Aber diese Stadt erscheint nur riesengroß und undurchdringlich. Mit den richtigen Mitteln kannst du jede einzelne öffentliche Stelle unter dich bringen. Traurig, aber leider wahr." Fassungslos starre ich ihn an und habe das Gefühl, mich gleich ein zweites Mal an diesem Tag übergeben zu müssen. Die Angestellten hier wissen von ihrem Schicksal und sind selbst an dieses Schloss gebunden. Es erinnert mich erneut an ein Märchen, nur dass das Biest unsichtbar und nicht greifbar ist. Jedoch alle, die das Schloss betreten, an sich bindet und kein Happy End für die restlichen Beteiligten will.

„Wer weiß noch alles von ihr?" Fast schon krampfhaft versuche ich, die aufkommende Galle zu verdrängen, doch jedes weitere Detail dieser Grausamkeit, lässt mich würgen.

„An sich nur diejenigen, die von Anfang an dabei sind. Ihr Arzt, Mr. Authens, ich – mein Name ist übrigens Luke, zwei der

144

Hausdamen, die das Putzteam anführen, der Cateringchef und der Barchef. Du siehst, er hat den Kreis klein gehalten. Wir würden ihr so gern helfen, nur ist die Gefahr für uns einfach zu groß." Mitleidig bedenkt er mich mit einem weichen Blick.

„Wir alle stehen hinter ihr. Das musst du mir einfach glauben."

„Dann helft uns. Sie soll in zwei Tagen wieder für ihn da rein. So lange ist wohl geschlossen." Er nickt und hält mir dann eine kleine Karte hin.

„Das sind unsere Nummern, die *er* nicht abhört. Wir haben uns alle Wegwerfhandys zugelegt, nachdem wir einen Drohanruf bekamen, mit niemandem zu sprechen. Er hat unsere Handys angezapft. Von denen aber weiß er hoffentlich nichts. Sei bitte vorsichtig."

Dieses Mal ist es an mir zu nicken, und als ich mich von ihm verabschiede, hoffe ich inständig, dass das Ganze keine Falle ist, in die *er* uns lockt. Mir fällt zwar keine Erklärung ein, wieso sie alle so ein böses Spiel spielen sollten, aber mittlerweile halte ich einfach alles für möglich. Erschöpft lasse ich mich auf den Beifahrersitz des Fahrzeugs plumpsen, nachdem ich es endlich in der hintersten Ecke des Hofs finde. Welchem Zweck soll es dienen, mein Auto umzuparken – ohne Schlüssel, wie ich feststelle, aber mich nicht weiter darüber wundere – wenn sie böse Absichten haben? Sie würden sich selbst in Gefahr bringen, wie Luke meint, und ich kann mir nicht vorstellen, dass sie das riskieren wollen, wenn sie sich so schon nicht gegen ihn wehren können.

Wieder sitze ich im Auto und lasse all die Ereignisse der Nacht Revue passieren. Ich habe sie tatsächlich wiedergefunden. Wir hatten atemberaubend heißen Sex, wobei allein der Gedanke an ihre Hände, die meinen Schwanz umfassen und ihn unerbittlich massieren, eben diesen wieder hart werden lassen. Ihr Abschiedskuss, nachdem sie mir einen Teil von sich erzählt hat, die Schuldgefühle, Leonard inmitten der Mauern, Vi die sich das Leben nehmen wollte, dieser unheimliche Typ, der sie dort drinnen gefangen hält und der ganze Rest verursachen, dass ich schon wieder zittere. Mein Kopf hämmert und ich will nichts anderes mehr, als einfach schlafen. Viola muss sich ausruhen, und es bringt nichts, wenn ich mich völlig übermüdet auf ihre Rettung begebe. Lukes Karte wird in meiner Hand leicht zerknüllt, als ich die Fäuste balle.

Ich werde sie dort rausholen, soviel ist sicher.

***

Ein Ruckeln lässt mich aufschrecken und ich blicke als Nächstes in die warmen braunen Augen meines besten Freundes. Müde reibe ich über mein Gesicht und bemerke, dass wir nicht auf dem Hof vor Violas Gefängnis stehen, sondern bereits auf dem Weg zurück sind.

„Wie lange habe ich geschlafen?" Leo lacht kurz auf und zeigt dann auf die Uhr. Es ist bereits 13 Uhr. Hat er wirklich zwei Stunden gebraucht, um dort rauszukommen? Er sieht mir meine Verwirrung an und nickt nur.

„Jap, das Ding ist der reinste Irrgarten. Da ich die Karte ja nicht mitnehmen konnte, nur den Teil gezeichnet habe, den ich brauchte, wusste ich nicht wirklich, was links und rechts von mir war. Außerdem wollte ich nicht auf irgendwelche Angestellten dort drin treffen, die am Ende noch die Bullen rufen."

„Ein paar von denen sind auf Vi's Seite", setze ich ihn in Kenntnis, und sein Erstaunen hätte nicht größer sein können. Er bremst stark und parkt das Fahrzeug am Rande der Straße. Kurz überlege ich, ob er vielleicht übergeschnappt ist, aber ein Blick nach hinten zeigt mir, dass wir hier eigentlich völlig allein sind.

„Wie meinst du das?" Er klingt müde und ebenso erschöpft wie ich. Wer kann es ihm auch verübeln, ist er in die ganze Sache doch eher unfreiwillig gerutscht.

„Na ja, also erst mal dieser Arzt, das ist ja wohl eindeutig. Dann habe ich, als ich auf der Suche nach meinem Auto war, diesen Securitymenschen getroffen, der mich gestern nicht reinlassen wollte. Tja, und der hat erstens mein Auto umgeparkt, sodass *er* es nicht gleich sehen konnte, und mir zweitens erzählt, dass einige der Angestellten da drin um Viola wissen. Die Gespräche damals muss wohl noch sie geführt haben, aber *er* setzt die Leute unter Druck und bedroht ihre Familien, deswegen sind ihnen anscheinend die Hände gebunden. Und die Polizei können wir ganz vergessen. Er meinte, dass die bestochen worden sind." Niedergeschlagen sacke ich auf meinem Sitz zusammen, nachdem der Redeschwall vorbei ist, und sehe in die geschockten Augen meines Freundes.

„Das ist eine ganz schöne Scheiße."

„Ja, das ist mir klar, aber wir können sie doch nicht einfach alleine lassen, oder?" Flehend sehe ich ihn an und erkenne den

147

Kampf in seinem Blick. Er hat an sich nichts mit all dem zu tun, wenn man so will. Ich selbst müsste auch nicht noch mal dorthin zurückkehren, kenne ich sie doch kaum bis gar nicht. Und nur weil ich eine Verbindung spüre, will ich mich selbst so in Gefahr bringen? Kurz denke ich darüber nach, wäge die unterschiedlichen Möglichkeiten ab und muss mir dann selbst bestätigen, dass ich genau das will. Irgendetwas sagt mir, dass es das einfach wert ist, allein oder mit Leonard.

„Ich glaube, du hast recht. Aber wir brauchen Hilfe, so viel steht fest."

Viola

Es ist schon eine Weile vergangen, seit Leonard mich letztendlich doch allein gelassen hat. Zander sehen zu können, ließ mein Herz heilen. Das Ganze ist so verwirrend, und es fällt mir schwer, meine Gedanken und Gefühle zu ordnen. Doch Zander setzt das einfach außer Kraft. Erklären kann ich mir das Ganze aber immer noch nicht. Noch nie bin ich jemand gewesen, der sein Herz schnell vergab. Doch bei Zander ist es zum verrückt Werden. Schon jetzt will ich nichts mehr, als ihn wieder lächeln, zu sehen. Denn dann lässt er meine von Dunkelheit geprägte Welt erstrahlen.

Nie habe ich erwartet, dass mich ein Wildfremder aus meiner Welt retten könnte oder es versucht. Allein dafür werde ich ihm ewig dankbar sein, rechne ich mir die Erfolgsaussichten trotzdem sehr gering aus. Wenn wir eine Chance haben wollen, so muss er dies tun, bevor er mir diesen Chip setzen lässt, und dafür ist nur ein sehr begrenztes Zeitfenster vorhanden.

Vorsichtig versuche ich meinen Körper zur Seite zu drehen, immer darauf bedacht, meine Handgelenke so wenig wie möglich zu belasten. Die Mittel, die mir der Arzt verabreicht hat, wirken zwar noch, aber ich spüre bei jeder Bewegung die Wunden. Mir ist klar, dass ich zwei frische Nähte an ihnen trage, und ebenso weiß ich, dass, sobald ich nicht aufpasse, diese aufgehen. Und das muss ich mit allen Mitteln verhindern. Er will, dass ich in der übernächsten Nacht wieder meine Show für ihn abziehe. Nur wie soll ich das tun, wenn ich meine Handgelenke schonen soll, mein Kreislauf bei jeder Bewegung zu viel zusammenbricht oder meine Gedanken einzig und allein Zander gehören? Ich kann mir beim besten Willen nicht vorstellen, andere Hände auf meinem Körper zu spüren. Wieder wird mir bewusst, dass ich mich anhöre wie ein Teenager mit Schmetterlingen im Bauch. Auch ist nicht klar, wie ich mich kleiden soll, kann ich die Verbände unter keinen Umständen abnehmen. Wie soll ich das nur durchstehen? Natürlich muss ich es durchziehen, allein schon um Zander zu schützen. Wenn er bis jetzt noch nicht wieder auf ihn aufmerksam geworden ist, so ist mein oberstes Gebot, genau dies zu verhindern. Nur wie, steht in den Sternen, denn Sex kann ich lange auf keinen Fall haben. Geschweige denn mich eine gesamte Nacht auf den Beinen halten.

Ein leises Summen reißt mich aus den aussichtslosen Gedanken, und verwirrt blicke ich um mich. Erneut summt es neben meinen Kopf, und erst jetzt erkenne ich das kleine silberne Gerät, das mir Leonard dagelassen haben muss. Er muss erst gegangen sein, als ich wieder schlief. Sonst hätte ich es ja mitbekommen. Ich versuche mich so vorsichtig wie möglich zu bewegen, greife nach dem Handy und schaffe es nach einigem Probieren, den Bildschirm zu entsperren.

Ein Lächeln stiehlt sich auf meine Lippen, als ich im stillen Leonard für diese Geste danke. Er hat mir ermöglicht, endlich Kontakt zur Außenwelt aufzunehmen. Ob meine Eltern noch die gleichen Nummern haben? Soll ich sie anrufen? Wieder überkommen mich Zweifel, ob sie mich überhaupt vermisst haben und sich darüber freuen würden. So viel Zeit ist vergangen. Vielleicht haben sie mich irgendwann vergessen

150

und ihr Leben weitergeführt, als hätte es mich niemals gegeben. Der Gedanke treibt mir die Tränen in die Augen und ich lasse es einfach zu. Zu lange habe ich mir jegliche Gefühle verboten, nur um das hier durchzustehen. Und wofür? Für einen Selbstmordversuch und Einsamkeit. Wieder taucht Zanders Gesicht vor meinem inneren Auge auf und sein Lächeln vertreibt den Schmerz ein wenig. Wenn er hält, was er mir versprach, können wir uns vielleicht irgendwann außerhalb dieser Wände sehen und endlich kennenlernen. Schon jetzt bin ich ihm dankbar, und auch Leonard hat sich seinen Platz in meinem Herz verdient erobert.

Ein drittes Mal vibriert Leonards Handy, nur dieses Mal in meiner Hand. Ebenso vorsichtig, wie ich mich aufgerichtet habe, lasse ich mich wieder in die Kissen fallen und lese endlich die eingegangenen SMS. Sie sind alle von Zander.

Vi, wie geht es dir? Es tut mir so leid, dass wir dich nicht gleich dort rausgeholt haben. Wirst du noch ein kleines bisschen durchhalten können?

Ich weiß es klingt verrückt, weil wir uns kaum kennen und das alles wie ein Fels auf unseren Schultern liegt, dennoch - ich vermisse dich und wünsche mir nichts mehr, als dich von diesem Mistkerl zu befreien - Märchenprinz kommt wieder durch xD

Habe ich die Tränen soeben erst versiegen lassen, kommen sie durch seine lieben Worte unaufgefordert zurück. Doch ich unterdrücke sie wieder. Er hat recht, das Ganze erinnert an ein Märchen, in dem der Prinz die wunderschöne Prinzessin vor dem Drachen retten muss. Der Gedanke lässt mich kichern. Etwas, das ich seit Jahren nicht mehr getan habe. Ich fühle mich, obwohl ich verletzt und geschwächt in meinem Zimmer eingesperrt bin, beflügelt und leicht. Mit Zander ist alles so viel einfacher, als würden wir uns aus einer anderen Zeit kennen, in der die Widrigkeiten viel einfacher zu bekämpfen sind. Was muss ein Drache für ein Klacks entgegen unserer Bedrohung sein.

Willst du, dass ich etwas über dich herausfinde?

Seine Frage ist einfach gestellt, und mir ist klar, was er genau damit meint. Ich habe ihm meinen Namen genannt, und er könnte zur Polizei gehen und nach mir suchen. Nach meiner Akte, wenn es eine geben sollte, und meine Eltern kontaktieren. Aber will ich das wirklich? Es rührt mich, dass er so etwas auf sich nehmen will, nur um mir zu helfen. Und bereits jetzt ist die Hoffnung, dass alles gutgeht, viel zu groß. Aber wie soll ich verhindern, dass mein Herz versucht zu zerspringen, sobald ich nur an diesen einen Mann denke, der versuchen will, mich hier rauszuholen? Hoffnung ist schon immer zum Scheitern verurteilt, und doch kann ich nicht umhin, genau diese zu empfinden, sobald es um Zander geht.

Wie willst du das anstellen?

Ich muss auf die letzte SMS zuerst antworten, lässt mich doch der Gedanke nicht los, er könnte meine Familie finden und es würde sich herausstellen, ich unterstelle ihnen Grausamkeit, obwohl sie mich über all die Jahre gesucht haben. Nur ist dies für mich schwer vorstellbar. Es ist zu viel Zeit vergangen, und es wäre zu schmerzhaft für sie, immer noch zu hoffen, sie könnten mich wiederfinden. Wenn Zander sie jetzt ausfindig macht, ihnen erzählt, dass ich am Leben bin, er mich dann aber nicht befreien kann, wäre das schrecklich. Das kann ich ihnen so einfach nicht antun. Meine Gedanken schwirren allein um die Möglichkeit, meine Familie wiederzusehen, meinen Bruder in die Arme schließen zu können. Würden sie mich erkennen? Er hat mich einem kompletten Umstyling unterzogen damals, die Haare dunkel gefärbt und mir die ersten Jahre einen Trainer an die Seite gestellt, der dafür sorgte, dass ich acht Kilo abnahm und so in die Dessous passte, die er mir vor die Nase setzte. Schnell schüttle ich den Kopf und somit die Erinnerungen an diese Tage ab, verabscheue ich doch immer noch alles, was er mit mir angestellt hat oder noch vor hat.

Ich würde mich geehrt fühlen, wärst du mein Märchenprinz. Wer kann schon von sich behaupten, aus einem verwunschenen Schloss gerettet worden zu sein? Nur für Rapunzel hat es nicht gereicht. Mir geht es so weit gut. Ich habe endlich wieder Hunger! Bitte mach dir keine Sorgen. x

Ich kann es mir nicht nehmen, ihm dieses Zeichen zu schicken, will ich doch, dass er wenigstens einen kleinen

Einblick in meine derzeitige Gefühlswelt hat, die er ganz gehörig durchrüttelt oder wieder zum Leben erweckt. Mir wird immer mehr bewusst, dass ich mich wie Dornröschen fühle. Durch ihn aus einem Jahrhunderte langen Schlaf geweckt und neugierig auf das Leben. Ich bereue bereits, dass ich versuchte, mir selbst etwas anzutun, sollte ich ihm doch dankbar dafür sein, dass er mir diese Chance geschenkt hat.

Meinem Hungergefühl folgend, begebe ich mich in die Küche. Jedoch nicht, ohne vorher das Handy auszuschalten und unter dem Kissen zu verstauen. Ich traue ihm noch weniger als sonst und weiß, dass, sobald ich durch die Tür in die anderen Räume trete, er wieder die Macht über mich besitzt. Vorsichtig und bedächtig tappe ich über die kühlen Fliesen und es fühlt sich fast so an, als könne ich das Gefühl kalter Fliesen das erste Mal in meinem Leben spüren. Ich bleibe mitten im Raum stehen, wackle ein paar Mal mit den Zehen und genieße meine neu gewonnenen Empfindungen. Seit ich wieder erwacht bin und in die Augen des Arztes gesehen habe, fühlt sich alles viel extremer, kräftiger, stärker an. Als würde die Welt mich davon überzeugen wollen, dass es sich lohnt, es in Angriff zu nehmen. Und den Kampf gegen alle Widrigkeiten zu bestreiten. Ein Lächeln bildet sich auf meinen Lippen, ich finde meine Gedanken schon fast poetisch und ein wenig übertrieben. Und doch verleihen sie mir ein friedliches Gefühl. Lange sah ich die Welt als böses Übel an und fragte mich, was ich wohl falsch gemacht habe, um das alles hier zu verdienen. Jetzt erst wird mir bewusst, dass nur ich selbst bestimmen kann, wie es weitergeht, auch wenn er mein Leben so lange Zeit beherrschte.

Fast schon beschwingt, insofern mein Kreislauf und der Blutverlust es zulassen, beschreite ich weiter den Weg durch die Küche hin zum Kühlschrank. Ich weiß, dieser wird voll sein mit Leckereien, aber eigentlich reicht mir schon ein einfaches Brot mit Schinken und Käse. Und genau so ist es auch. Schnell ist meine Mahlzeit zubereitet, und ich entscheide mich, ihm ein wenig von mir zu präsentieren.

Da er meinen Kleiderschrank bestückt, sind meine Sachen meist recht durchsichtig und lassen wenig Spielraum für Fantasie. Wozu auch? Er will mich sehen und deshalb auch dieser Stil. Ob es mir selbst gefällt, ist dabei völlig egal. Irgendwann fand ich mich einfach damit ab. Ich weiß auch genau, wo die Kameras sind. So ist eine direkt über dem Fernseher befestigt, die mich perfekt im Bild hat. Dies werde ich jetzt nutzen um ihn ein wenig zu ärgern. Ich lasse mich samt meinem Teller auf das Sofa fallen und versuche noch immer, meine Handgelenke zu entlasten. Allerdings scheint das schwerer als ursprünglich gedacht. Doch dank der Schmerzmittel, deren Dosis ich gar nicht wissen will, ist es ein eher dumpfer Schmerz.

Mein Körper fühlt sich gleich besser an, nachdem ich gegessen habe, und eine innere Ruhe breitet sich in mir aus. Die Tatsache, dass mein Kopf sich immer mehr von ihm abschottet, gibt mir Kraft. Ebenso, dass Zander diese Gedanken übernimmt. So entspannt wie nur möglich mache ich es mir auf der Couch bequem und schließe die Augen. Die Schmerzmittel rufen nach der Nahrungsaufnahme eine schwere Müdigkeit in mir hervor, der ich nichts entgegenzusetzen habe. Die Augen fallen mir zu und ich bin innerhalb von Sekunden eingeschlafen.

Zander steht vor mir. Betrachtet mich lächelnd. Seine Augen gleiten über meinen Körper, als ich beginne, mit den Händen darüber wandern zu lassen. Ich genieße das Gefühl, das sein Blick in mir auslöst und es fühlt sich beinahe an, als wären es nicht meine eigenen, sondern Zanders Hände, die mit rauer Oberfläche meine Haut liebkosen. Leicht öffne ich den dünnen Mantel, sodass meine Brüste zu erkennen sind und beiße mir auf die Lippe, als ich sie berühre und sie vor Zanders Augen umschließe und sanft mit meinen Daumen liebkose. Es fühlt sich so gut an, als meine Daumen über meine Knospen streichen, die sich bereitwillig aufstellen und Zanders Berührungen kaum erwarten können. Noch immer beobachtet er mich lediglich, lächelt wissend. Eine Hand massiert weiter meine Brüste, mit der anderen wandere über den Bauch und tauche mit meinen Fingern in den Slip hinein. Wie ich es erwartet habe, bin ich bereits feucht und das allein ist Zanders schuld, weiß ich genau, wie es sich anfühlt, wenn er mich berührt und mit seinen traumhaften Augen verschlingt. Immer wieder reibe ich meinen Daumen über meine Klit und im selben Rhythmus zwirbel ich meinen harten Nippel zwischen den Fingern. Ein Stöhnen entweicht mir und es gilt allein diesem fabelhaften dunkelhaarigen Mann, der mir noch immer stumm gegenübersteht und mich mit unverhohlener Gier in den Augen beobachtet. Sein Blick allein treibt mich immer weiter an, so dass ich es kaum mehr aushalte und mir wünsche, er würde

156

mich berühren. Ich ziehe meine Unterlippe zwischen meine Zähne, während ich mit meinem Zeigefinger in mich eintauche und immer noch Zander direkt vor mir sehe, der begonnen hat, sich selbst zu berühren.

"Oh mein Gott" keuche ich, als ich mich selbst weiter mit zwei Fingern ficke und das Tempo schnell erhöhe. Er ist mir in diesem Moment höchster Ekstase vollkommen egal. Es zählen nur Zander und ich. Meine eigenen Stöße werden härter und ich treibe mich immer weiter bis ich mit einem lauten Schrei, die Finger tief in meine Nässe eingedrungen, das Gefühl auskoste und mir nichts sehnlicher wünsche als Zanders Lippen, auf den meinen, wie sie diese gierig in Besitz nehmen.

Schwer atmend schlage ich die Augen auf und blicke an mir herab. Meine Brust hebt und senkt sich aufgeregt, meine Hände sind auf meinen Brüsten und zwischen meinen Beinen. Ich spüre deutlich das verlangende Pochen meiner Perle, das mir zeigt, wie aktiv ich gerade war. Dabei habe ich geschlafen. Zander hat mir nicht gegenübergestanden. Mein Kopf hat mir im Schlaf einen Streich gespielt, mir gezeigt, wen ich bei mir haben möchte, und sich darüber hinweggesetzt, dass ich verletzt bin. Dieser Traum ist in jede Faser meines Körpers gefahren, und ich fühle den Orgasmus, als hätte ich ihn tatsächlich erlebt. Ein Lächeln stiehlt sich auf meine müden Lippen.

Es dauert einige Minuten, bis ich mich wieder beruhige und ich habe das Verlangen, Zander genau davon zu erzählen. Dass er mir Kraft gibt und mich in meinem Körper schön fühlen lässt. Dass allein die Vorstellung davon, wie er mich betrachtet, mich in eine andere Welt versetzt und ich so viel mit ihm ausprobieren will. Dass er es ist, der mich endlich wieder hoffen lässt und mir auch neuen Mut gibt, ihn bei Laune zu halten. Aber es macht mir nichts aus, weiß ich doch genau, dass Zander mein Herz zum Höherschlagen bringt, und das alles macht die Tage hier ein wenig freundlicher, erträglicher oder wie auch immer man es nennen will.

Dieses wissende Lächeln stiehlt sich wieder auf meine Lippen, als ich einen letzten Kuss in Richtung Kamera werfe, meinen Morgenmantel schließe und samt Teller in die Küche zurückgehe. Es war nicht von mir beabsichtigt, dass ich *ihm* eine solche Show zeige. Ich wollte mich einfach nur ein wenig ausruhen. Die Medikamente bringen mich und meinen Körper vollkommen durcheinander, denn die vor dem kurzen Schlaf noch verspürte Kraft verlässt mich Stück für Stück. Vielleicht aber auch, meine ungewollte Einlage, die an meinen Kräften zehrt.

Kurz muss ich innehalten, als mich Übelkeit überkommt. Mit einem Mal zittere ich wieder und die Kraft ist vollständig verschwunden. Wie kann ich mich nur so gehen lassen? Wie kann mein Körper das Geschehene so schlucken? Was verdammt hat dieser Arzt mir gegeben? Ängstlich betrachte ich meine Handgelenke und erwartete rötliche Flecken, ein Zeichen, dass ich mit dem unbeabsichtigten Verhalten die Nähte aufgerissen habe. Aber es ist nichts zu sehen. Es gleicht einem Wunder, das weiß ich. Ebenso, dass ich schon wieder stehen kann. Und diese Tatsache macht mir Angst. Ich sollte ans Bett gefesselt sein und keinerlei Kraft haben, mich überhaupt bewegen zu können. Schwach und kaputt sein, nicht in der Lage, einen klaren Gedanken zu fassen. Aber hier stehe ich nun, habe *ihm* eine Show geboten, wenn auch nicht bei vollem Bewusstein, und bin immer noch anwesend. Mein Kopf dröhnt wieder mehr, mir ist schwindelig, ja, aber noch immer halte ich mich auf den Beinen. Es sollte unmöglich sein, aber anscheinend schreckt er vor nichts zurück. Es ist krank, wenn er mir so starkes Zeug verabreicht hat. Womöglich Drogen, die die Schmerzen unterdrücken und mich denken lassen, dass es mir besser geht, als es sollte.

Das übliche Paket thront auf dem Tresen und lacht mich aus. Es lässt mich in meinen rasenden Überlegungen stoppen. Ich will nicht mal wissen, wer wann hier gewesen ist, lag es doch bei meinem ersten Durchqueren der Räumlichkeiten noch nicht da. Mit zitternden Händen stelle ich den Teller weg und greife nach der obligatorischen Karte mit seiner unverkennbaren Handschrift.

Meine liebe Viola. Wie ich sehe, geht es dir wieder gut. Du hast im Schlaf so zufrieden ausgesehen. Hattest du einen schönen Traum? Vielleicht geht es dir schon wieder ein wenig zu gut. Aber man hat natürlich schon von Wunderheilung gehört. Da du dich so großartig zu fühlen scheinst, wird der Club heute Abend entgegen meiner Aussage öffnen, und du wirst mein Ehrengast sein. Da ich dich nicht quälen möchte, wirst du einzig und allein Zuschauerin sein. Fasse niemanden an.

xxx

Ein Schauer läuft mir über den Rücken, als ich die Worte lese, und ich muss mich zwingen, mich nicht zu übergeben. Das ist seine Reaktion? Ich löse die Schleife, die den schwarzen Karton zusammenhält, und hole das Kleid hervor. Ja, es ist tatsächlich ein Kleid. Natürlich aufreizend wie immer und doch atemberaubend schön. Schwarz wie die Nacht, mit Tausenden von kleinen Steinchen verziert, schulterfrei und eng anliegend mit einem Schlitz bis fast zur Hüfte. Die Maske passend dazu. Ich glaube, noch nie in meinem Leben so etwas Schönes in Händen gehalten zu haben, und sofort drängt sich mir der Wunsch auf, dieses Zander zu präsentieren. ZANDER - schießt es durch meinen Kopf. Geht er doch davon aus, dass der Club geschlossen ist und wir uns nicht sehen können.

Samt Kleid laufe ich zurück in mein Zimmer, so schnell, wie es mir möglich ist, mein Körper zittert von der ungewünschten Anstrengung, und ich will mir in den Hintern treten, dass ich mein Hochgefühl ausgenutzt habe. Ich schließe die Tür sorgfältig hinter mir und schnappe mir das versteckte Telefon.

Club heute doch geöffnet, soll Hauptattraktion sein. Ich weiß nicht, was er plant, doch er macht mir mehr Angst als je zuvor. Das kann ich nicht durchstehen. xxx

Zander

Den ganzen Tag sitzen Leonard und ich zusammen und suchen nach Anzeichen von Viola. Nach ihrer Aussage, dass ihr seit acht Jahren niemand mehr gratuliert hat und sie 26 geworden ist, bedeutet es, er hat sie an ihrem 18. Geburtstag aus ihrem Leben gerissen. Und genauso lange ist sie schon hier. Mehrfach an diesem Tag muss ich die Übelkeit, die mich durch seine Taten übermannen will, runterschlucken und mich zusammenreißen.

Allein der Gedanke an sie und dass wir vielleicht eine Chance erhalten, lässt mich durchatmen. Auch, als wir nach Stunden nichts gefunden haben. Es ist, als wären sämtliche Daten entfernt worden. Als gäbe es sie und ihren Namen nicht mehr. Auch findet man nichts über ihre Familie, ihre Vergangenheit, Schulaufenthalt, Sportclubs oder Ähnliches, was bei jedem anderen sofort angezeigt wird, gibt man lediglich den Namen ein. Dieser Mistkerl hat sich alle Mühe gegeben, ihre Spuren zu verwischen. Niedergeschlagen fällt mein Kopf auf meine verschränkten Arme und ich kann nur schwer ein Schluchzen unterdrücken. Mir ist klar, dass das alles keinen Sinn ergibt. Aber dass wir nicht mal eine Chance haben sollen, zermahlt meinen Kopf.

Jeder soll doch wenigstens die Möglichkeit haben, den einen Menschen kennenzulernen, der für einen bestimmt ist. Der immer an seine Seite gehören würde. Mit dem man sich blind versteht und selbst nach einem Streit eine Umarmung alles wieder ungeschehen machen kann. Der einen komplett macht und die Augen strahlen lässt, sobald sein oder ihr Blick einen trifft. Und genau diesen einen Menschen will ich finden. Vielleicht ist er sich in diesem Augenblick direkt vor meiner Nase, eine dicke Mauer zwischen uns, die es nun heißt zu überwinden, um herauszufinden, ob es wirklich so ist.

„Leonard, das ist eine Sackgasse. Wenn man dem Internet glauben will oder den Ämtern der Umgebung, dann gibt es sie gar nicht." Seine Augen spiegeln die gleiche Verzweiflung wider, die auch in meinen zu finden ist.

„Willst du aufgeben?" Es ist eine simple Frage, und doch ist die Antwort darauf nicht im Entferntesten so leicht. Aufgeben würde bedeuten, dass Vi weiterhin dieses Leben führen muss. Dass ich sie allein lasse, obwohl wir ihr etwas anderes versprochen haben. Irgendetwas müssen wir doch finden.

„Nein, will ich keinesfalls. Ich kann dir nicht erklären, was es ist, aber aufgeben kann ich sie unter keinen Umständen. Sieh mich bitte nicht so an, du hast doch sicher auch schon mal einfach gewusst, dass diese eine Person es sein könnte. Soll ich nicht die Möglichkeit auf Glück erhalten?" Wieder spreche ich wie ein kleines Mädchen, und trotzdem entspricht es der Wahrheit. Es fühlt sich so verdammt richtig an, bei ihr zu sein.

„Du musst es mir nicht erklären, aber es geht so verdammt schnell. Es ist ja noch keine Woche vergangen, und schon willst du sie aus einem verwunschenen Schloss retten. Wollen wir dir vielleicht noch eine Rüstung ausleihen gehen?" In seinem Gesicht wächst ein minimales Lächeln, das ich sogleich übernehme. Denn wenn er beginnt, Witze darüber zu reißen, ist

162

er weiterhin auf meiner Seite. Manch einer würde sich darüber wundern, sich angegriffen fühlen, aber nicht wir. Es ist unsere Art, mit solch aussichtslosen Situationen umzugehen, und ich bin ihm einfach nur dankbar dafür.

„Ich weiß nur noch nicht, ob ich eine silberne oder eine schwarze Rüstung möchte. Was würde besser passen?" Jetzt ist es an ihm, in Gelächter auszubrechen, und meine Stimmung lockert sich augenblicklich. Mein Handy vibriert, während wir versuchen, uns wieder einzukriegen. Und das Grinsen auf meinen Lippen wächst, als ich sehe, dass es Viola ist, die mir endlich antwortet. Doch ihre Antwort schraubt meine Laune sofort wieder auf den Nullpunkt, denn genau das ist auch unsere Frage mittlerweile. Ich halte Leonard das Handy unter die Nase und auch sein Lächeln verschwindet. Was soll ich ihr darauf nur antworten? Dass es sie praktisch gar nicht gibt und man keinerlei Informationen über sie oder ihre Familie findet? Es wird ihr das Herz brechen herauszufinden, dass er anscheinend alles dafür getan hat, dass man sie nicht findet. Selbst wenn man will.

Mein Handy kündigt ein weiteres Mal eine neue Nachricht an. Schnell fliegen meine Augen über die wenigen Zeilen und erwärmen mein Herz. Für mich ist sie mittlerweile eine Prinzessin. Äußerlich wie auch innerlich wunderschön, in einem Schloss gefangen und mit einem Geheimnis, das für mich einfach zu einer Prinzessin gehört. Das eben verschwundene Lächeln kehrt in einem geringeren Maße zurück und hält dieses Mal auch. Es scheint ihr besser zu gehen, und das ist noch viel mehr wert, als das sie auf meinen Gag eingeht. Vor mich hin grinsend starre ich auf das kleine Display, was mir einen Schlag auf den Hinterkopf einbringt. Verwirrt blicke ich meinen besten Freund an, der ungeduldig mit den Fingern knackt.

„Ich denke, wir haben eine erste Spur", kommt er endlich auf den Punkt und dreht den Laptop vor ihm in meine Richtung. Darauf ist ein Familienfoto zusehen. Mutter, Vater und zwei Kinder, ein Junge und ein Mädchen. Sie sieht jung aus, vielleicht um die Zehn. Der Junge nur ein paar Jahre älter. Auch die Eltern sehen noch ziemlich jung aus und sehr glücklich zusammen. Alle vier strahlen sie in die Kamera, halten sich an den Händen und stehlen der leuchtenden Sonne fast die Show, so glücklich wirken sie. Etwas in den Augen des Mädchens kommt mir bekannt vor. Als ich ein wenig näher gehe, stockt mir der Atem.

„Viola", hauche ich und kann ein Nicken von Leonards Seite aus erkennen.

„Das hat mir grad Kyle geschickt, er arbeitet bei der Polizei, und ich hab ihn heute Morgen mal danach gefragt, aber er fand erst auch nichts. Ich glaube, er ist einer der wenigen, die dort nicht geschmiert wurden. Er meinte, jeder, den er nach ihrem Verschwinden fragte,machte ohne einen Kommentar auf dem Absatz kehrt. Es muss wohl recht gruselig gewesen sein. Aber er hat in den alten Akten dann doch noch was gefunden. Wie tief im Archiv er gewesen sein muss, will ich gar nicht wissen, aber er hat dieses Foto darin entdeckt, den alten Wohnsitz der Familie und auch, wer den Fall damals bearbeitet hat."

Sprachlos kann ich ihn einfach nur anstarren. Die Polizei der gesamten Stadt wurde geschmiert, um ihren Fall einfach so unter den Teppich zu kehren? Wo verdammt noch mal sind ihre Eide und Versprechen an die Gerechtigkeit, die Unschuldigen zu beschützen? Wut macht sich in jeder Faser meines Körpers breit und ich spüre, wie sich meine Muskeln anspannen. Meine Hände sich zu Fäusten ballen.

„Er ist ein alter Schulfreund, deswegen hat er das auf sich genommen. Er hat diesem ehemaligen Detektiv meine Nummer gegeben, denn der weiß vielleicht, wo ihre Eltern jetzt zu finden sind. Aber bis jetzt hat sich noch niemand gemeldet. Kyle war ganz schön aufgewühlt. Er hat ziemliche Zweifel entwickelt durch diese Sache. Er scannt wohl gerade noch die restliche Akte – oh, hier kommt sie schon", und wieder dreht er den Laptop zu mir. Gemeinsam scrollen wir durch die einzelnen Blätter, lesen uns Berichte, Verhöre und Gespräche durch, finden aber keinen einzigen Hinweis, was damals geschehen ist. Außer, dass sie nach ihrem Abschlussball einfach verschwand. Man verdächtigte die verschiedensten Personen von ihrem Ex-Freund, einem eifersüchtigen Typen, den sie Immer abwies, bis hin zu ihrem Bruder, der für diese Nacht kein Alibi hatte, nachdem man rausfand, dass er sie von diesem Ball abholen und nach Hause bringen sollte. Doch dann enden die Aufzeichnungen. Von einem auf den anderen Tag wurde nichts mehr unternommen. Es gibt noch nicht mal einen Vermerk, dass man die Ermittlungen abbrach oder niederlegte. Nichts. Irritiert blicke ich immer wieder vom Bildschirm hin zu Leonard, der ebenso geschockt aussieht.

„Das ist unmöglich", flüstert er heiser, aber dennoch war der Schock klar herauszuhören. Er ruft noch mal das erste Bild dieser glücklich wirkenden Familie auf, als sein Handy klingelt. Es zeigt keine Nummer an. Aber da wir auf einen Anruf warten, geht Leonard nach dem vierten Klingeln endlich ran.

„Peyton. Hallo, Detektive Wayne. Ja genau, danach haben wir gesucht. Okay. Ja. Ich verstehe. Können Sie uns denn wenigstens ein wenig helfen? Mh. Okay. Aber nein, das verstehe ich. Wir möchten nur wissen, wo wir die Eltern ... Es wurden sämtliche Akten vernichtet, alles, was darauf hindeuten könnte, was damals geschehen ist, wird unter Verschluss gehalten. Detektive Sie sind unsere einzige Chance, irgendetwas rauszufinden. Natürlich kann ich Ihren Standpunkt nachvollziehen, aber diese Frau ist seit acht Jahren verschwunden!" Leonards Stimme wird zum Ende immer lauter, ungehaltener, aber auch nervöser. Unsere einzige Quelle scheint nicht mit ihm reden zu wollen, wird er etwa auch erpresst?

„Ganz egal, was dieser Typ gegen Sie in der Hand hat, Detektive – er darf damit nicht durchkommen, dass er eine gesamte Stadt wegen eines Falles lahmlegt wurde, und eine junge Frau ihres Lebens beraubt!" Mittlerweile brüllt Leonard in sein Telefon, und ich will wirklich nicht in der Haut seines Gesprächspartners sein. Ein eisiger Schauer läuft mir bei seinen Worten über den Rücken, denn genau das ist es, was er tut. Um seine Tat zu vertuschen, schmiert er Polizisten, sicherlich auch Beamte und Politiker. Aber wieso ist es so wichtig für ihn, dass es so aussieht, als hätte es sie nie gegeben?

„Ich denke auch, dass es die richtige Entscheidung ist. Ich danke Ihnen vielmals." Und schon beendet er das Gespräch.

Unwirsch fährt er sich mehrmals durch die Haare, atmet tief ein und wieder aus, steht auf und läuft kleine Kreise im Raum.

„Leonard, ist alles Okay?" Ich mache mir Sorgen um ihn, will ihn nicht durch diese Sache noch mehr durcheinanderbringen.

„Also, du hast ja mitbekommen, dass es ein wenig schwieriger war, als Kyle es vorher gesagt hatte. Du kannst dir bestimmt denken, dass er auch ihn dafür bezahlt hat, zu schweigen. Ich kann mir nicht vorstellen, wie groß die Schuldgefühle dieses Mannes sein müssen. Zander, dieser Kerl wird selbst jetzt, nach all dieser Zeit, von Schatten heimgesucht, nur weil er sich hat bezahlen lassen. Er wird für uns die Adresse herausfinden, aber das wird bis morgen dauern, sagt er." Jetzt ist es an mir, mit meinen Fingern durch meine Haare zu fahren. Ich wünsche mir in diesem Moment nichts sehnlicher, als dass es Violas Hände sind, die meine Haare liebkosen, mich in den Arm nehmen und sich alles wieder so richtig anfühlt, genauso wie es sein soll.

Meine Füße führen mich wie von allein zu der breiten Fensterfront. Schon immer ist dies mein Lieblingsplatz in der ganzen Wohnung, kann man doch die ganze Stadt sehen. Kraftlos lasse ich meine Stirn gegen die Scheibe fallen. Meine Hände über meinem Kopf an dem kühlen Glas verschränkt.

„Was soll ich nur tun, Vi?", spreche ich zu mir selbst, hoffe auf eine Eingebung, irgendeine Idee, wie wir sie morgen dort rausholen können, ohne dass er etwas davon mitbekommt. Die Kälte des Glases kühlt meine erhitzte Haut ein wenig ab, doch meine Gedanken finden auch so keine Ruhe. Genervt schnaube ich die angestaute Luft aus, als ein erschrockenes Keuchen hinter mir zu hören ist.

„Entschuldige, ich wollte dich nicht erschrecken", nuschle ich und hoffe, Leonard kann mich hören.

„Ich bin nicht erschrocken, Kyle hat gerade noch weitere Bilder geschickt. Von der Familie zum Zeitpunkt der Entführung." So schnell mich meine Füße tragen, bin ich wieder zurück bei meinem besten Freund, dessen Gesichtsausdruck noch immer geschockt ist. Nach und nach zeigt er mir die Bilder dieser einst so glücklichen Familie. Vater, Mutter, Viola mit blonden Haaren, aber schon damals wunderschön, dass mein Herz einen Schlag aussetzt, bei ihrem Anblick, meine Sehnsucht nochmals wächst und ihr Bruder. Und in dem Moment, als ich erkenne, wen ich da vor mir habe, gefriert mir das Blut in den Adern.

"Das ist Ben", spricht Leonard es endlich aus, und ich kann immer noch nicht glauben, dass das wirklich wahr ist. Ben ist unser Rechtsanwalt und langjähriger Freund. Seit wir uns mit der Galerie selbstständig gemacht haben, ist er an unserer Seite und hat uns bis jetzt aus jedem noch so banalen Schlamassel geholt. Viele Bier wurden mit ihm vernichtet, Pizzen verdrückt und Frauen verführt. Wir vertrauen ihm beide.

„Das ist unmöglich, das muss eine Verwechslung sein." Das kann einfach nicht sein. Niemals würde er so etwas tun. Er soll ihr Bruder sein? Wieso soll man seiner Schwester so etwas Abartiges antun? Wieder und wieder schüttle ich den Kopf, als würden sich so die Informationen wieder verflüchtigen. Als hätten wir auf diesem Bild einen Fremden gesehen. Niemals ist

Ben zu etwas so Grausamem fähig. Aber warum habe ich dann das untrügliche Gefühl, dass hier etwas nicht stimmt. Ich sehe das Bild an und sehe unseren Freund. Ein Mensch, der anderen immer hilft und an ihrer Seite steht. Irgendetwas stört mich dennoch an dem Bild. So lange wie wir ihn kennen, hat er nie etwas von einer Schwester erzählt. Selbst seine Eltern kennen wir nicht, obwohl er unsere schon mehrfach getroffen hat. Wenn es um sein Leben, seine Familie, seine Vergangenheit, war er immer sehr bedeckt, hat vom Thema abgelenkt und lieber uns ausgefragt.

„Weißt du, wo er gerade ist?" Mein Blick wandert zu Leonard, der mich nur besorgt anblickt und den Kopf schüttelt. Sein Gesicht ist von Enttäuschung und Erkenntnis gezeichnet.

„Hier steht, sein Name ist nicht Ben Miller, wie wir ihn kennen. Sein richtiger Name ist Nathaniel Cuero, er ist zehn Jahre älter als Viola und damit also 36 – und nicht 26 wie er es uns sagte. Er sollte damals Viola von ihrem Abschlussball abholen, nur war er alleine zu Hause angekommen. Er erzählte, dass er sie weder gefunden noch erreicht hätte. Man verdächtigte ihn damals zwar, aber er scheint geschickt die Fährte zu ihrem Ex-Freund Peter gelenkt zu haben, der dann auch einige Zeit in Untersuchungshaft gesessen hat. Und dann plötzlich, nichts mehr. Es ist nichts mehr zu finden, ob dieser Peter aus der U-Haft entlassen worden ist, oder ob man andere Spuren verfolgte. Die Akte endet einfach und verschwand dann. Woher verdammt noch mal hat er so viel Geld, all diese Menschen zu erpressen, zu bestechen, wie auch immer du es nennen möchtest. Oh mein Gott, wir haben diesen Menschen umarmt und ihm vertraut! Sag mir bitte, dass es nur ein schlechter Scherz ist. Bitte", fleht er mich an, doch kann ich nur den Kopf schütteln.

Die bereits bekannte Übelkeit macht sich erneut bemerkbar und lässt sich dieses Mal nicht unterdrücken. Würgend renne ich zum Spülbecken und übergebe mich geräuschvoll. Wie lange will ich gar nicht wissen, doch irgendwann wird das Wasser angestellt und alles einfach weggespült. Leonard hält ein Glas unter den Wasserstrahl und es mir dann direkt unter die Nase.

„Danke", stoße ich hervor und kippe das klare Nass in einem Zug runter. Noch zwei weitere Gläser, und ich bin wieder in der Lage den Kopf zu heben. Noch einmal bedanke ich mich bei meinem besten Freund, der nicht gesünder aussieht als ich, es jedoch ein wenig besser versteckt.

Nur langsam gehen wir die wenigen Schritte bis zum Tisch, lassen uns erneut vor dem Bild unseres vermeidlichen Freundes nieder und sind unfähig, einen Ton hervorzubringen. Meine Gedanken wandern ein weiteres Mal zu dieser einen Frau, die ich einfach beschützen muss. Zu wissen, wer ihr das alles antut, ändert nichts. Sie ist immer noch mein einziger Fokus. Wir werden rausfinden, was ihn zu dieser Tat getrieben hat, warum er es so lange durchzieht und was er noch vorhat. Was brachte ihn dazu, seine Schwester zur Hure dieses Clubs zu machen? Wie krank muss er sein ein Schloss zu nutzen, für seinen Plan? Kann man es so nennen? Leonard neben mir ist wieder in die Daten von Kyle vertieft und schlägt mir leicht gegen den Arm, holt mich so aus diesem Strudel von erschreckenden Gedanken, die ich mir nie gewünscht habe.

„Es tut mir leid, dass ich dich da mit reingezogen habe", entschuldige ich mich ehrlich, denn ohne mich würde er das jetzt gar nicht wissen und könnte sein Leben normal weiterführen.

„Jetzt mach mal halblang! Du hast mich mehrfach gefragt, ob ich weiter dabei bin, und verdammt noch mal, wir müssen sie von diesem Arschloch befreien. Es kann doch nicht angehen, dass er damit durchkommt. In was für einer Welt leben wir denn?", regt er sich auf und schlägt mehrfach kraftvoll mit der flachen Hand auf die Tischplatte. Ohne mit der Wimper zu zucken, nehme ich ihn einfach in den Arm. Wie viel er mir in diesem Moment bedeutet, kann ich keinesfalls in Worte fassen, also muss ich es ihm wenigstens so versuchen zu zeigen.

„Danke", sage ich und ein kleines, gezwungenes Lächeln taucht auf seinen Lippen auf.

„Also, wie bringen wir diesen Typen zur Strecke?", will er angriffslustig von mir wissen, setzt sich aufrecht hin und strafft die Schultern.

„Wir müssen morgen dort rein. Sie hat den Plan, die Security, der Barmann und ein Teil des Cateringteams sind auf unserer Seite und wird uns, denke ich, unterstützen, wenn wir sie erst mal gefunden haben."

„Woher weißt du das denn?", unterbricht mich mein bester Freund in meinem Redeschwall und erst jetzt fällt mit wieder ein, dass ich ihm das ja noch erzählen wollte.

„Ich habe doch den Typen, der draußen steht, getroffen, als ich mein Auto gesucht und auf dich gewartet habe. Warte, hier ist seine Karte", ich lege diese auf den Tisch. Vorsichtig greift Leonard nach der kleinen Karte, und seine Augen weiten sich für einen Moment.

„Die haben schon mal für uns die Security gemacht bei einer Ausstellung", teilt er mir mit und erst jetzt macht auch bei mir der Name der Firma klick.

„Er kannte mich also, als ich vor ihm stand", stelle ich fest und wir nicken gleichzeitig.

„Er ist selbst der Chef und er hat mir erzählt, dass sie alle von Ben bedroht wurden, nachdem Viola sie eingestellt hatte."

„Okay langsam wird's echtgruselig."

„Ach, jetzt erst?", frage ich ihn ironisch und er streckt mir einfach die Zunge raus. Gerade will ich ansetzen, weiter zu erzählen, als mein Handy ein weiteres Mal an diesem Abend vibriert. Wie von allein entsperre ich den Bildschirm und lasse meine Augen über die Zeilen gleiten. Doch was ich lese, lässt mich erstarren.

„Hallo – Erde an Zander, alles Okay?" Ich kann nicht anders reagieren und halte ihm einfach das kleine Gerät unter die Nase.

Club heute doch geöffnet, soll Hauptattraktion sein. Ich weiß nicht, was er plant, doch er macht mir mehr Angst als je zuvor. Das kann ich nicht durchstehen. X

172

Viola

Ich sitze bereits fertig auf meinem Bett und versuche, das ständige Zittern meiner Hände irgendwie unter Kontrolle zu bekommen. Das Kleid schmiegt sich wie eine zweite Haut an meinen Körper. Als ich es aus der Schachtel nahm, kamen außerdem zwei ellenbogenhohe Handschuhe in derselben Farbe zum Vorschein. *Er* hat also daran gedacht, dass meine Handgelenke verbunden und sehr empfindlich sind. Jede Bewegung verursacht mir Schmerzen und selbst die Schmerztabletten des Arztes vermögen diese nicht vollständig zu lindern. Es ist nicht nur der körperliche Schmerz, der mich quält, es ist die Ungewissheit, was in dieser Nacht geschehen wird.

Zwar agiere ich nur als Zuschauerin, aber was, wenn mir dennoch jemand zu nahe kommt und sich einfach nimmt, was er will? Auch wenn es nicht an die Oberfläche tritt, so gibt es leider auch in unserem Club einige wenige Vorfälle dieser Art. Die Personen sind angezeigt und des Clubs verwiesen worden, aber ausmerzen kann man sie einfach nicht. Es widerstrebt mir bei dem Gedanken daran, wie auffällig ich heute durch die Massen wandeln würde. Bekleidet im Gegensatz zu allen anderen, mit Handschuhen und einer riesigen Feder an meiner Maske. Er stellt mich zur Schau und präsentiert mich allen, die heute anwesend sind.

Jeder wird wissen, dass ich kein gewöhnlicher Gast oder ein nichtssagendes Mitglied bin, sondern dass der Club zu mir gehört so wie ich zu ihm. Ich wünsche mir nichts sehnlicher, als Zander an meiner Seite, der meinen Rücken sanft streichelt und mir beruhigende Worte zuflüstert. Allein seine Stimme kann meinen Puls runterfahren. Doch leider weiß ich nicht, wo er ist. Geschweige denn, ob er heute herkommen kann. Die Angst, dass *er* Zander etwas antun könnte, wenn er mir zu nahe kommen sollte, wächst gemeinsam mit der Übelkeit, dass alle wissen werden, wer ich bin.

Viele der Gäste sind Trophäensammler, suchen sich die heißesten Gegenspieler aus und prahlen im Internet, welche Eroberung sie in dieser Nacht wieder gemacht haben. Und ich war ihr Hauptpreis. Es gibt ganze Foren darüber, die spekulieren, wer ich bin, wie man mich finden könnte und ob ich wirklich so gut wäre, wie alle munkeln. Dass es so ist, soll eigentlich niemand erfahren und dennoch setzt er mich so, allen schutzlos aus, die mich schon immer mal berühren wollten. All diese Dinge erzählte mir das Personal. Es war die reine Neugierde meinerseits, zu erfahren, was über den Club geredet wird. Oder über mich. Ich selbst habe keinen Zugang zum Internet. Auch das Haustelefon ist so blockiert, dass ich nur die Dienstleister und mein Personal kontaktieren kann. Es ist amüsant zu hören, welche Gerüchte es gibt. Es sind kleine Momente der Glückseligkeit, dass ich eine kleine Berühmtheit außerhalb dieser Mauern bin.

Ein erneuter Schauer lässt meinen gesamten Körper zusammenzucken, was nur verursacht, dass meine Handgelenke von einem stechenden Schmerz durchzogen werden. Zögerlich blickt ich auf die kleine Uhr von Leonards

174

Handy und stelle erschrocken fest, dass ich lediglich eine halbe Stunde übrig habe. Mein Blick wendet sich traurig von dem Gerät ab. Denn die Tatsache, dass Zander sich noch immer nicht gemeldet hat, trifft mich härter, als ich mir eingestehen will. Natürlich ist mir bewusst, dass er ein Leben außerhalb dieser Mauern hat. Ganz anders als ich, und doch ist da dieser kleine Funke Hoffnung gewesen, dass er mich wie mein Ritter in glänzender Rüstung auf einem weißen Pferd aus meiner Not und vor dem bösen Drachen rettet.

Stumm lasse ich die einzelne Träne, die meinem Auge entrinnt, über meine Wange laufen und hindere sie auch nicht daran, spüre sie als Tropfen auf meine nackte Schulter fallen. Obwohl mein Körper immer noch zittert, die Schmerzen präsenter sind als je zuvor und mein Herz rast, fühle ich nichts. Ich empfinde es, als seien meine Gefühle abgestorben durch die Tatsache, dass mich nichts retten kann. Zumindest nicht in dieser Nacht. Ich fühle mich leer und gleichzeitig glaube ich, mein Kopf wird bei der kleinsten Bewegung oder Berührung zerspringen.

Wie soll ich eine Nacht überstehen, in der alle Augen auf mich gerichtet sind und jeder die Chance nutzen will, die Königin des Clubs zu berühren, wenn ich mich jetzt schon kaum bewegen kann. Geistesabwesend sehe ich ein letztes Mal auf das kleine Gerät, und als ob mich jemand vor diesem Fall bewahren wollte, ist ein kleiner Briefumschlag zu erkennen. Anscheinend habe ich noch nicht genug gelitten, denn das Zittern verstärkt sich und ich habe Mühe, die richtigen Tasten zu treffen.

Bitte gib nicht auf. Du bist nicht allein, und auch wenn wir dich heute vielleicht nicht dort rausholen können, so bin ich da. Hab keine Angst und sei stark, denn er wird dich nicht noch einmal zerstören. xxx

Seine Worte sind der Balsam für meine Seele, nach dem sie seit Stunden schreit. Er wird hier sein und mich beschützen. Zander wird mich nicht im Stich lassen, und die Entschlossenheit, die mich durch die Änderung des Planes zu ersticken drohte, kehrt in doppeltem Maße zurück. Ich schicke ihm lediglich die Drei 'xxx', um ihn wissen zu lassen, dass seine Nachricht angekommen ist und ihren gewünschten Zweck erfüllt hat. Das Zittern meiner Hände hätte es eh nicht zugelassen, dass ich sinnvolle Sätze bilde. Ich bin sprachlos, mein Herz gleichzeitig so voller Hoffnung, und das allein ausgelöst durch diesen einen Menschen, der mich, obwohl wir einander eigentlich fremd sind, nicht allein, sondern spüren lässt, dass das hier nicht mein Schicksal sein muss und sein wird.

Mit gestrafften Schultern und der Maske vor meinem Gesicht begebe ich mich mit vorsichtigen Schritten auf den Weg zuerst in mein Büro. Mir graut vor dem Gedanken, was ich mir darin angetan habe, aber ich würde mich dadurch nicht noch mal runterziehen lassen. Es reicht, dass *er* mein Leben förmlich beendet hat und mir dann auch noch dieses hier aufzwingt. Es reicht, dass *er* denkt, *er* könne über mich bestimmen, wie über ein kleines Kind, das keine eigene Meinung oder ein Rückgrat besitzt. Und immer brav das macht, was die Eltern von ihm verlangen. Zu lange ließ ich mir all *seine* Spielchen gefallen, mit denen er mich in einen Selbstmordversuch gedrängt hat. Wenn es möglich wäre, würde ich es rückgängig machen, Zander nicht all diese schrecklichen Dinge vorwerfen und warten, was geschieht.

Aber zu oft werden meine Hoffnungen gehemmt und untergebuttert, dass ein klares Denken meist nicht mehr möglich ist. Der Stoff des Kleides fühlt sich noch immer kühl auf meiner Haut an und regt sich fließend zu meinen Bewegungen. Ich fühle mich wohl in diesem Kleid, auch wenn ich weiß, was *er* damit bezweckt. Den Moment, wenn Zander mich darin sieht, sehne ich mir bereits jetzt herbei. Natürlich kennt er meinen Körper bereits nackt oder nur in Dessous gekleidet. Doch so würde seine Fantasie angeregt werden, er würde sich vorstellen, wie es wäre, mir dieses Kleid auszuziehen und was ich wohl darunter trage - was nichts ist.

Der Gedanke daran seine Finger auf meiner Haut zu spüren, wie sie meine Brüste liebkosen und jeden Zentimeter erkunden, schickt einen wohligen Schauer über meinen Körper, der die Angst vor dieser Nacht ein wenig lindert. Wie schon früher an diesem Tag gehören meine Gedanken ganz diesem heißen und begehrenswerten Mann, der nicht nur meine Sinne raubt, sondern auch mit jeder seiner Handlungen mein Herz ein wenig mehr auftaut und es damit erwärmt. Eine Gänsehaut ziert meine Haut, als ich daran denke, wie seine Zunge eine feuchte Spur auf meinem Schlüsselbein hinterlassen würde und seine Zähne gierig an meinen Knospen knabbern. Genüsslich reagiert mein

Körper auf diese Vorstellung und meine Mitte zieht sich in freudiger Erwartung zusammen.

Ich kann nicht verhindern, dass meine Hände schon wieder an diesem Tag über meinen Körper wandern und ich mir wünsche, es seien Zanders. Meine Füße tragen mich über meine Gedanken hinweg zu meinem Büro, und ohne weiter darüber nachzudenken, trete ich ein. Man spürt bereits den drängenden Bass, der das gesamte Anwesen jede Nacht vibrieren lässt. Mir selbst geht die Vibration durch Mark und Bein und versetzt mich in die Stimmung, die dieser Club jede Nacht trägt. Ich fühle mich sexy, ich fühle mich begehrt und gewollt und vor allem fühle ich mich mächtig. Da ich allein diejenige bin, die wählen darf. Wenn man mal von dieser Nacht absieht. Und wen ich heute wählen werde, steht bereits fest.

Meine Augen scannen den Raum und stellen beruhigt fest, dass bereits die Sauerei meines Selbstmordversuches beseitigt wurde. Alles ist genau wie vorher. Wenn man mal davon absieht, dass sämtliche spitzen Gegenstände weg sind. Sollte *er* sich etwa Sorgen machen? Doch jetzt in diesem Moment, mit dem Wissen, dass Zander bald hier sein wird, ist es mir egal. Das erste Mal seit Jahren ist es mir schlichtweg egal, was *er* denkt, will oder sich vorstellt. Mir ist seine Ansage für heute bewusst und auch, dass mein physischer Zustand noch lange nicht der beste ist. Trotzdem will ich Zander spüren. Und wenn es sanft geschehen soll und zurückhaltend. Ich will seine Haut auf meiner, seine Zunge in einem uralten Tanz mit meiner und seine Hände überall auf meinem Körper. Ich will mich wieder so begehrt fühlen, wie es immer der Fall war, wenn er mich

178

berührt. Und will das spüren, was er in mir auslöst. Der ungehaltene Herzschlag, die unkontrollierte Atmung und dieses Kribbeln auf meiner Haut, das wie Elektrizität zwischen uns surrt.

Genau diese Empfindungen lassen mich mich nach ihm sehnen, und ich will mich wieder genauso besonders fühlen, wie nur er es heraufzubeschwören vermag. Mein Unterarm ruht an dem kühlen Glas der dünnen Scheibe, die mich von den Menschen unter mir abschottet. Diese Fremden dabei zu beobachten, wie sie sich miteinander vergnügen, heizt mein eigenes Verlangen nach diesem einen Mann nur noch weiter an. Ich will, was sie tun, was sie spüren, was sie schmecken, nur nicht von einem Fremden. Sondern von meinem edlen Ritter.

Ich überlege, ob meine Tabletten nun doch endlich wirken, denn ich empfinde ein Hochgefühl, das beim Verlassen meines Zimmers auf keinen Fall vorhanden war. Es fühlt sich an, als würde mein Körper unter einer unglaublichen Spannung stehen, die sich unbedingt entladen will. Auch bin ich ungeduldig und hibbelig. Meine Augen suchen den Saal unter mir nach diesem einen Mann ab, den ich will. Und auch wenn ich nur Beobachter sein soll in dieser Nacht, so wird *er* mich nicht von Zander fernhalten können. Versteckt in den Gängen des Schlosses werde ich mich ihm hingeben und alles zur Verfügung stellen, was ich zu bieten habe. Was er zu nehmen bereit ist.

Bereits jetzt rauscht mir das Blut in den Ohren und wird durch den hämmernden Bass, der unermüdlich durch meinen Körper rennt, nur verstärkt. Als würde Zander wissen, dass ich auf ihn warte, tritt er durch das riesige Eingangstor und schaut sich suchend um. Sein Blick bleibt an keiner der anwesenden Frauen hängen, was meinem Herzen Aufschwung gibt und es hüpfen lässt.

War soeben ein hocherotisches Spannungsgefühl in jeder meiner Fasern vorhanden, so fühle ich mich jetzt wie ein kleines Mädchen, das seinen Schwarm endlich alleine trifft und ihn kennenlernen darf. Ich folge seinem Blick zu der Stelle, an der ich aus dem Gang treten werde, dann zu der Scheibe direkt vor mir. So schnell meine Füße und mein rasendes Herz es zulassen, laufe ich zu der Tür und schlüpfe unsichtbar für die Menge wie immer hindurch. Mit einem Mal stehe ich inmitten der ganzen Menschenmasse, die sich fast schon ekstatisch zur Musik bewegt, mich wie eine Welle mit sich zerrt. Es ist beinahe so, als würde es niemanden interessieren, dass ich aufgetaucht bin, und ein kleines Stück meines Stolzes ist gekränkt. Doch der Rest freut sich einfach darüber. Ich bahne mir mit den Ellenbogen voraus meinen Weg durch die Menge und stehe an dem Platz, wo ich Zander vor wenigen Sekunden gesehen habe. Unruhig schaue ich umher, finde aber keinerlei Anzeichen mehr von ihm. Zorn macht sich in mir breit, dass er so schnell verschwunden ist und nicht mal zwei Minuten auf mich warten kann. Ohne darüber nachzudenken, schlage ich mit meiner Faust gegen die hinter mir liegende Wand. Der Schmerz, der meine Wunde und meine Hand durchzuckt, lässt mich aufstöhnen, wird dann aber sofort wieder von der Enttäuschung, die mein Körper empfindet, verdrängt.

Ist es schon immer so verdammt heiß hier drin? Ich spüre, wie sich unter meiner Maske der Schweiß auf der Stirn bildet, schon kurz darauf läuft der erste Tropfen in mein Auge. Ich versuche ungeschickt, mir die salzige Feuchtigkeit zu entfernen, ohne dabei meine Maske zu verlieren oder mein Make-up zu verschmieren.

"Na wen haben wir denn da? Heute ganz allein hier? Du weißt aber schon, dass es hier einen Dresscode gibt, oder?" Ich hebe den Kopf, um einen schmierig dreinblickenden Kerl vor mir stehen zu sehen. Seine Haaren sind komplett nach hinten gegelt, seine Boxer sieht aus wie seit zehn Jahren nicht mehr gewechselt, und ob ich freiwillig an seiner Stelle meinen Oberkörper so zur Schau gestellt hätte, kann ich beim besten Willen nicht beantworten.

"Stell dir vor, ich bin weder alleine hier, noch habe ich Lust darauf, mich weiter mit dir zu unterhalten. Und der Dresscode ist mir egal." Ich will hoch erhobenen Hauptes an ihm vorbei stolzieren, strauchle jedoch mit wackligen Knien und falle nur nicht hin, weil eine starke Hand meinen Arm stützt. Keuchend vor Schreck sehe ich in die Richtung meines Retters und erkenne sofort die kunstvollen Linien, die Zanders Körper zieren.

"Zander", hauche ich kraftlos, sämtlicher Elan und sämtlicher Mut, *ihm* die Stirn zu bieten, sind verschwunden.

"Komm, ich helfe dir", gibt er ebenso leise zurück, während er mich endgültig auf die Beine zieht und mich und meinen in dieses Kleid gehüllten Körper mustert. Er unterdrückt das schiefe Grinsen, das mich immer wieder aufmuntern kann, und sein Blick fokussiert den Typen, vor dem ich flüchten will, hinter mir.

"Du kannst verschwinden. Sie ist bereits vergeben heute Nacht." Sein Ton ist scharf und lässt keinerlei Widerspruch zu. Ich brauche mich nicht umzudrehen, um zu wissen, dass Zander, mein edler Held, ihn in die Flucht geschlagen hat.

"Danke", und ich erkenne meine Stimme fast nicht wieder. Aber auch meinen Körper nicht. Vor nicht einmal drei Minuten strotzte ich nur so vor Entschlossenheit, Verlangen, Sehnsucht und jetzt fühle ich mich schlapp und zittere schon wieder. Meine Hand, die die Wand getroffen hat, pulsiert ebenso wie die Wunde. Und als ich den Handschuh ein Stück nach unten schiebe, ist deutlich ein leichter Blutfleck zu erkennen. Auch Zander fällt dieser auf, denn seine Augen weiten sich und er nimmt mich direkt in den Arm.

"Was machst du nur?", flüstert er, streicht mir gleichzeitig beruhigend über den Rücken. Seine Berührungen sind zaghaft, sanft und schüchtern und doch lösen sie die Flammen und das Kribbeln wieder aus.

"Du glühst ja", stellt er plötzlich fest und legt mir seine Lippen auf die Stirn. Es ist eine süße Geste und ich verliere mich in ihr, die Augen geschlossen.

"Hast du heute etwas gegen die Schmerzen genommen?", will er wissen und ich nicke lediglich, kommt es mir doch vor, als hätte ich keinesfalls die Kraft, heute noch mal die Augen zu öffnen.

"Vi? Viola? Sieh mich an." Die Lippen entfernen sich von meiner Haut und mir entflieht ein grummelndes Geräusch des

Widerstrebens, dass er weg ist. Die Augen öffnen will ich dennoch nicht. Auch nicht, als er mich noch fester schüttelt.

"Vi, bleib bei mir", bittet er nochmals und wiederholt es auch weiterhin. Ich spüre, wie ich hochgehoben werde, und lege meinen Kopf auf Zanders Schulter, als er mich durch die Menge trägt. Getuschel dringt an mein Ohr, als wir an all den Gästen vorbeikommen. Aber mehr als ein Rauschen ist es nicht. Zanders Finger streichen immer wieder über meine Haut, doch statt dass sie mich wach halten, lullen mich seine zarten Berührungen noch mehr ein, und ich höre seine Stimme immer entfernter. Was ist hier nur los?

Zander

Sie fühlt sich auf meinen Armen so glühend heiß an, dass ich Angst habe, sie wird gleich zerfließen. Ihr Gewicht ist nichts, als ich mich mir ihr auf dem Arm durch die Menge schiebe. Wir werden mehrfach angepöbelt, aber es interessiert mich nicht im Geringsten. Mein Ziel ist die Bar und ich hoffe, der Securitytyp hat recht, und auch der Barchef ist auf Violas Seite. Immer wieder spreche ich sie an, jedoch bekomme ich lediglich wirres Gemurmel zurück, das mich nur noch mehr beunruhigt.

Ich habe sie genau gesehen, als sie aus ihrer Tür trat, und mir ist bei dem Anblick ihres Kleides die Luft weggeblieben. Sie ist atemberaubend schön, und der Stoff schmeichelt ihrem Körper noch mehr, als wenn sie nur ihre Dessous trägt. Nur zu gern hätte ich ihr den Stoff vom Körper gestrichen und sie mit Zärtlichkeiten überschüttet, doch ich weiß nur zu gut, dass sie sich nicht überanstrengen soll, und ich werde ganz sicher nichts tun, damit es ihr noch schlechter geht.

Doch anscheinend ist jemand nicht ganz so rücksichtvoll wie ich. Ihr ging es gut, als wir geschrieben haben. Sie hat viel Blut verloren, das ist klar, aber der Arzt ist zuversichtlich gewesen, dass sie sich erholen wird. Und jetzt hängt sie völlig weggetreten auf meinem Arm. Ich prüfe ihren Puls am Hals und beschleunige meine Schritte, als dieser noch schwerer zu finden ist. Es kommt mir vor, als bräuchte ich Stunden durch den Saal. Aber ich erreiche den Tresen mit ihr gemeinsam. Ich suche unruhig mit meinen Augen die Bar an sich ab, bis ich endlich den Mann finde, den mir der Typ draußen beschrieben hat. Mit wenigen Schritten stehe ich genau vor ihm, und als er sie auf meinem Arm erkennt, stockt ihm eindeutig der Atem, seine Augen vor Schreck geweitet.

"Hast du die Nummer von diesem Arzt?", brülle ich über die Musik hinweg und er nickt leicht, immer noch den Blick starr auf sie gerichtet.

"Könntest du verdammt nochmal die Güte haben, diesen zu rufen?! Er soll in ihr Zimmer hochkommen!", weise ich ihn aufgebracht an. Erst als er endlich das Telefon gegriffen hat, drehe ich mich um und gehe zu ihrem Geheimausgang. Es ist mir völlig egal, ob Ben uns vielleicht durch seine kranken Videokameras sieht und mich dabei beobachtet, wie ich versuche, Vi nicht zu verlieren. Dieser Mistkerl wird mir nicht so leicht davonkommen, und wenn er es noch nicht gewusst hat, so ist es ihm spätestens jetzt klar, dass er sich überlegen soll, was er tut.

Klar, er selbst ist Anwalt, und dennoch ist das Ganze hier gegen alle Gesetze, und das muss er besser wissen als sonst jemand. Ob er sich bereits verzogen hat, als er erkannte, mit wem er es zu tun hat? Dass ich und Leonard es sind, die Viola zur Seite stehen? Wieder verstärkt sich dieses Gefühl, das ich ihr einfach helfen muss. Sie zieht mich an, und ich kann es nicht zulassen, dass dieser Wichser so durchkommt. Wut flammt mit jedem Schritt auf und ebenso die Entschlossenheit, ihm das Handwerk zu legen. Ich drücke Vi's mittlerweile bewusstlosen Körper fester an mich, um sie wenigstens ein wenig, vor all dem Gerempel zu schützen.

Immer wieder lasse ich meine Hand sanft über ihre schweißnasse Haut streichen, will ihr Schutz bieten, und sie soll spüren, dass sie nicht allein ist. Ihr Zustand scheint sich stetig zu verschlechtern, da ihre Haut jetzt eiskalt ist. Bis vor ein paar Minuten war es noch das Gegenteil. Diese Tatsache lässt meine Schritte wie von allein schneller werden, und endlich komme ich an der kleinen Tür an. Ich sehe mich kurz um, aber niemand interessiert sich für uns und ich bin sehr froh darüber.

Schnell husche ich mit ihr im Arm in den schlecht beleuchteten Gang, in dem ich mich wieder wie ins Mittelalter zu Prinzen und Prinzessinnen, verwunschenen Schlössern und Drachen zurückversetzt fühle. Mein Tempo erhöht sich erneut, bis ich leicht außer Atem vor ihrer Zimmertür stehe. Vorsichtig trete ich mit meinem Schuh dagegen und hoffe, der Arzt sei bereits hier, und anscheinend ist wenigstens jetzt das Glück auf unserer Seite.

"Oh mein Gott!", stößt er aus, als er sie sieht, und fordert mich ohne Umschweife auf, sie auf ihr Bett zu legen. Ich denke nicht weiter darüber nach und decke sie zu, vielleicht können wir so ihre Temperatur wieder erhöhen.

"Wer sind Sie? Was ist denn nur passiert?", will er von mir wissen, aber ich kann nur den Kopf schütteln.

"Ich bin ein Freund von Viola, und sie ist meinen Armen einfach zusammengebrochen. Wo kommen Sie so schnell her? ", antworte ich ihm wahrheitsgemäß und stelle die einzige Frage, die mir einfällt.

"Ich habe unten im Keller einen kleinen Behandlungsraum. Wenn etwas mit den Angestellten sein sollte, bin ich da. Ist heute etwas anders als in den anderen Nächten?", fragt er weiter, während er einen Zugang in ihrer Armbeuge legt und einen Infusionsbeutel anbringt.

"Sie trägt ein Kleid", fällt es mir da wie Schuppen von den Augen.

"Die Regeln des Clubs besagen, dass jeder in Unterwäsche aufzutreten hat, sowie mit der obligatorischen Maske. Und auch Vi war immer so gekleidet, wenn ich auf sie getroffen bin. Außer heute. Es ist wunderschön, aber es ist ungewöhnlich." Die Stirn in Falten gelegt, versuche ich, mir einen Reim darauf zu machen, finde aber keine einleuchtende Erklärung, wieso Ben sie das Kleid tragen lässt.

"Würde es Ihnen etwas ausmachen, wenn Sie ihr das Kleidungsstück ausziehen?" Seine Stimme lässt vermuten, dass es ihm unangenehm ist, mich das zu fragen, und auch mich überkommen Zweifel, ob es ihr so Recht ist. Aber was bringt es uns, darüber zu philosophieren, wenn es ihr immer schlechter geht? Er dreht uns den Rücken zu, während ich die Decke zurückschlage und sie leicht auf die Seite drehe, um den Reißverschluss am Rücken zu öffnen. Danach ziehe ich es ihr vorsichtig aus und versuche, meine Augen nicht über ihren entblößten Körper gleiten zu lassen, mir jedes Detail einzuprägen und sie in mein Hirn zu brennen. Sanft streichen meine Finger über ihre Haut, als ich den leichten Stoff komplett über ihre Füße schiebe. Ich greife mir eine Schlafhose, wie ich vermute, sowie ein leichtes Shirt, das mir der Arzt bereits hingelegt hat, und kleide sie wieder an. Noch immer ist sie nicht aufgewacht und die Sorge um sie steigt mit jeder Minute.

"Sie muss in ein Krankenhaus, und das hier ...", dabei hält er das Kleid nach oben, "... in ein Labor, denn normal ist die ganze Geschichte nicht. Ich kann ihr hier nicht weiterhelfen." Entmutigt sieht er auf den Boden, meidet meinen Blick, und seine Stimme ist niedergeschlagen.

"Dann werden wir sie eben in ein Krankenhaus bringen lassen. Geben Sie mir Ihr Telefon", fordere ich ihn forsch auf und bereue meinen Ton, als er sofort zusammenzuckt.

"Da-das können wir nicht tun, *er* wird es rausfinden, und meine Familie ... Bitte, tun Sie das nicht", fleht er mich an, seine Stimme zeigt, dass er den Tränen nahe ist. Meine Hand immer noch in seine Richtung ausgestreckt, gehe ich die wenigen Schritte auf ihn zu und fokussiere ihn eindringlich.

"Sie wollen sie also tatsächlich hier sterben lassen, weil *er* Sie erpresst? Dieser Mistkerl wird seine Lektion noch erhalten, und ich verspreche Ihnen, es wird Ihrer Familie nichts geschehen. Mein Freund und ich wissen, wer er ist, wo er lebt und wie er jetzt heißt. Er hat sämtliche Behörden bestochen, und doch haben wir es rausgefunden. Wir sind gerade dabei, ihre Familie ausfindig zu machen. Also geben Sie mir das *verdammte* Telefon und lassen Sie uns ihr endlich helfen!"

Meine Worte kommen schnell, gepresst und in einem Ton, den ich selbst nicht an mir kenne. Aber er muss einfach verstehen, dass es ab hier kein Entkommen mehr gibt. Dass das Einzige, was ihr geschehen kann, der Tod ist und das, weil er sich von einem Betrüger, Lügner und Heuchler hat erpressen lassen. Seine Augen starren mich nach meinem kleinen Vortrag erschrocken an, trotzdem legt er zitternd das kleine Gerät in meine Hand. Stoßweise atme ich die angestaute Luft aus und drehe meinen Kopf schnell in Vi's Richtung, als sie ein Stöhnen von sich gibt. Es klingt schmerzvoll und zerbrechlich, aber es ist das erste Lebenszeichen von ihr, seid ich sie getragen habe.

"Kontaktieren Sie den Barmann und den Securitychef. Sie sollen den Club schließen lassen und alle Gäste nach Hause schicken", fordere ich den Arzt nochmals auf, bevor ich mich vorsichtig neben dieser wundervollen Frau auf der Bettkante niederlasse. Meine Finger zittern ebenso wie die meines Gegenübers, der stocksteif da steht und sich gar nicht bewegt.

"Bitte", füge ich leise hinzu, und er erwacht. Unwirsch schüttelt er den Kopf, bevor er durch die kleine Tür in den Gang das Zimmer verlässt. Ich will nicht schwach erscheinen, aber diese ganze Situation raubt meine Kräfte. Nur schwer schaffe ich es, die richtigen Tasten für die Nummer des Krankenwagens zu rufen, doch es klappt irgendwann. Binnen weniger Sekunden habe ich ihnen die Situation erklärt, und sie schicken einen Krankenwagen zu uns.

"Du kommst hier endlich raus. Ich lass dich nicht allein", flüstere ich nah an ihrem Ohr, während ich sanft eine Strähne aus ihrem Gesicht streiche. Ihre Augenlider flattern, und ich hätte in dem Moment nicht beschreiben können, wie ich mich fühle, als sie endlich die Augen öffnet und mich verwirrt ansieht.

"Zander", haucht sie kraftlos, und ich lege ich einfach meinen Zeigefinger auf die vollen Lippen.

"Pssch, ruh dich aus. Der Krankenwagen ist unterwegs", erkläre ich ihr, worauf sich ihre Augen weiten.

"Nein, du wirst jetzt keine Angst mehr vor *ihm* haben. Egal was geschieht, er wird dir nichts tun", versuche ich, sie zu beruhigen, aber ihre Augen wandern immer noch aufgeregt hin und her, bevor sie sie wieder schließt.

"Alles wird gut." Meine Lippen treffen auf ihre Stirn, die sich endlich nicht mehr ganz so heiß oder eiskalt anfühlt. Ich nehme ihre Hand in die meine, als ich Sirenengeräusche und Blaulicht erkenne. Ohne zu zögern, hebe ich Viola samt der Decke hoch und durchquere ihr Zimmer, ihren Wohnbereich und verlasse ihre Räume durch die Vordertür. Soll Ben ruhig mitbekommen, dass ich sie hier raushole. Vielleicht riskiert er es und kommt endlich aus seinem Loch. Dann werde ich ihm eigenhändig nur zu gern die Fresse polieren.

Doch nichts geschieht.

Ich laufe schnell durch sämtliche Hallen, Flure und Zimmer, bis ich endlich den Eingangsbereich erreiche und das große Tor aufstoße. Direkt vor mir steht der Krankenwagen, so wie die Angestellten, die um Viola wissen. Ich übergebe sie den Sanitätern, die sich sofort um sie kümmern. Der Arzt erklärt, was in den letzten Tagen geschehen ist, teilt seine Vermutung mit und übergibt ihnen einen kleinen Beutel, in dem sich das Kleid befinden muss. Sie laden alles zusammen und wollen die Tür schließen, als ich sie stoppe.

"Ich möchte mitfahren", gebe ich zu verstehen, und sie nicken sofort. Bevor ich jedoch den Wagen besteige, drehe ich mich noch mal zu den dem Chef der Security und Leonard um, die beide mit einem Mal hinter mir stehen.

"Betreten Sie bitte das Gemäuer nicht noch mal. Schließen Sie von außen ab, lassen Sie alles so, wie es jetzt ist, und gehen Sie nach Hause. Wer kümmert sich um die Internetseite?", will ich von ihm wissen.

"Das übernimmt eine Werbefirma für uns mit den Daten, die Miss Cuero ihnen gegeben hat", erklärt er mir. Nachdem ich ihnen allen zugenickt und dem Arzt das Handy zurückgegeben habe, steige ich endlich in den Krankenwagen.

Viola ist bereits an mehrere Schläuche angeschlossen, und der Sanitäter ist gerade dabei, ihre Verbände zu wechseln, ihr Blut abzunehmen und wuselt aufgeregt um sie herum.

"Wollen Sie vielleicht eine Decke?" Verwundert sehe ich ihn und dann mich selbst an und bemerkte erst jetzt, dass ich nur Boxer und Schuhe trage, also nicke ich. Ich bedanke mich bei ihm, lasse mich an Vi's Seite auf die kleine Bank fallen und nehme ihre Hand. Sie fühlt sich wieder warm und lebendig an, nicht mehr so kalt und dem Tode näher als dem Leben.

"Sagt Ihnen der Name Nathaniel Cuero was?" Mein Gegenüber sieht mich verwirrt an, scheint zu überlegen, schüttelt aber dann den Kopf.

"Sind Sie sicher oder werden Sie nur von irgendeiner Stelle erpresst, den Mund zu halten?" Mir ist klar, dass er überall die Finger im Spiel haben kann, und wenn bei der Polizei, warum dann nicht auch in den Krankenhäusern der Stadt?

"Ich kann Ihnen versichern, dass ich durch niemanden erpresst oder unter Druck gesetzt werde. Ich arbeite strikt nach den mir vorgegeben Richtlinien. Wie kommen Sie denn auf so was?" Er wirkt verärgert, aber wer wäre das nicht, würde ihm unterstellt werden, er erhielte Informationen zurück.

"In dieser Stadt gehen Dinge vor sich, an die man gar nicht denken möchte, und es sind Stellen involviert, die ebenso wie Sie eigentlich festgeschriebene Richtlinien haben." Violas Hand, die meine drückt, lässt mich meine Erklärung unterbrechen und meine volle Aufmerksamkeit gilt sofort ihr.

"Viola? Hörst du mich?" Ihre Augen bleiben geschlossen, ihre Lippen entspannt aufeinandergelegt, völlig gelöst.

"Sie steht jetzt erst mal unter Beruhigungsmitteln. Sie hört Sie auch nicht, aber ich denke, sie spürt, dass Sie da sind." Die Stimme des Mannes ist beruhigend, und ich traue ihm. Aus irgendeinem Grund glaube ich ihm, was er sagt und die restliche Fahrt verbringen wir in Stille.

Schnell ist das Krankenhaus erreicht, und Viola wird in eines der Behandlungszimmer gebracht, in das ich sie nicht begleiten darf.

Unruhig laufe ich auf dem Gang auf und ab, weiß, dass sie ihr helfen können, und sie endlich die Behandlung bekommt, die sie verdient. Doch meine Gedanken treiben immer wieder zu Ben zurück. Was verdammt noch mal läuft in seinem Kopf ab, dass er seiner Schwester so etwas antut? Sie aus ihrem Leben reißt, ihren Eltern raubt und dann ihre gesamte Existenz unter den Teppich kehrt.

Für mich gibt es keine plausible Erklärung dafür, auch wenn ich mir sicher bin, dass das alles in seinem Kopf einen Sinn ergibt. Was ist bei ihm schiefgelaufen, dass er Menschen erpresst, Polizeistellen und Politiker unter Druck setzt, nur damit er seinen perfiden, kranken Plan in die Tat umsetzen kann? Was sind das für Menschen, die in solchen Positionen arbeiten und trotzdem nach seiner Pfeife tanzen? Den Mitarbeitern des Clubs kann man keinesfalls einen Vorwurf machen, sie haben sie einfach nur Angst. Aber die Polizei muss doch Mittel und Wege besitzen, gegen so etwas vorzugehen. Es will mir einfach nicht in den Kopf gehen.

Als ich eine starke Hand auf meiner Schulter spüre, bin ich kurz davor, der Person vor Schreck eine reinzuhauen. Meine Nerven liegen blank, mein Körper ist angespannt wie ein Bogen, es fehlt nur noch ein kleiner Tropfen, um mein persönliches Glas Wasser überlaufen zu lassen. Als ich jedoch meinen besten Freund direkt vor mir stehen sehe, beruhigt sich mein Puls, und ich falle ihm einfach um den Hals.

"Sie ist endlich dort raus", nuschle ich und es ist mir scheißegal, was die Menschen um uns herum jetzt von uns denken mögen.

"Ich weiß. Und ich habe ihre Eltern gefunden." Erstaunt halte ich seinen Körper von mir weg und suche nach einem Fünkchen Unwahrheit, doch reine Ehrlichkeit ist zu erkennen. Erleichtert falle ich ihm nochmals um den Hals.

"Aber es gibt ein Problem. Sie glauben mir nicht, dass Viola lebt. Sie sind in der Meinung, sie wäre tot. Sie wussten leider auch nicht, wo ich *Nathaniel* finden könnte, sie hätten schon seit ein paar Monaten den Kontakt verloren." Sie glauben ihm nicht, wenn er ihnen sagt, ihre verschwundene Tochter lebt? Ich will gar nicht wissen, was ihr ach so toller Sohn den beiden eingetrichtert hat, um genau das in ihren Köpfen zu verankern.

"Wie können wir die Polizei davon überzeugen, Ben endlich zu suchen und uns zu helfen?", überlege ich laut und schaue verwirrt in Leonards Augen, als er beginnt zu grinsen.

"Sobald Vi aufgewacht ist, wird Detektive Wayne sie vernehmen, so gut es für sie möglich ist. Dabei wird er von Polizeichef Stone begleitet, der ganz klein mit Hut wurde, als wir ihm erzählten, dass sie wirklich noch am Leben ist, und ein Bild als Beweis zeigten."

"Woher?", will ich atemlos wissen und sein Blick verdunkelt sich leicht.

"Ich habe eins gemacht und an mein anderes Handy geschickt, als ich bei ihr war und sie schlief. Wir brauchten doch einen Beweis." Er hat recht. Es ist die richtige Entscheidung gewesen.

"Auf jeden Fall konnte dieser Typ nicht schnell genug zurückrudern, und das gesamte Präsidium erinnerte sich wie von Geisterhand an den Fall. Ben muss wohl eine gefälschte Sterbeurkunde vorgelegt und viel Geld bezahlt haben, dass man diese anerkannte." Leonards Gesichtsausdruck ist traurig. Wer kann es ihm verübeln, würde ich doch Ben oder besser *Nathaniel* mit jedem Stückchen Wahrheit, das ans Licht kommt, mehr ins Gesicht kotzen.

"Wir müssen zu ihren Eltern fahren, wenn die Polizei endlich Ben sucht." Leonard nickt und erneut bin ich froh, ihn an meiner Seite zu wissen.

Die Stunden vergehen, und so langsam geht sogar die Sonne schon wieder auf. Es kam mir gar nicht so lang vor, haben Leonard und ich doch die meiste Zeit überlegt, wie wir

Viola und all den Menschen, die *Nathaniel* gequält hat, helfen können. Wir müssen ihre Eltern her bekommen und sie davon überzeugen, dass Vi lebt und sie dem kranken Plan ihres Bruders auf den Leim gegangen sind.

"Leonard", versuche ich den schnarchenden Mann neben mir zu wecken, erst jetzt fällt mir der wichtigste Punkt ein.

"*Leonard*!", versuche ich es ein wenig lauter und erhalte mahnende Blicke der Krankenschwestern. Erschrocken richtet sich dieser aber endlich neben mir auf und reibt seine Augen.

"Was ist denn nur los?" Seine Frage ist berechtigt, doch habe ich keine Zeit, auf seinen müden Zustand zu achten.

"Vi weiß noch nicht, dass es ihr Bruder war. Wie bringen wir ihr das bei, ohne dass sie zusammenbricht?"

Bevor Leonard aber antworten kann, unterbricht mich eine leider zu bekannte Stimme.

"Das könnt ihr nicht, und ich würde euch raten, es zu lassen, wenn ihr nicht wollt, dass euer Atelier den Bach untergeht."

Seelenruhig, in seinem gewohnten teuren Anzug steht er vor mir. Die Wut, die ich seit Stunden unterdrücke, lodert wieder auf und auch Leonards Haltung versteift sich, als er Ben vollends wahrnimmt.

Nur langsam richten wir uns auf und treten nah an ihn heran.

"Dass du dich überhaupt noch traust, hier aufzutauchen! Ich denke, die Polizei wird erfreut sein, dich so leicht geschnappt zu haben", spucke ich ihm förmlich ins Gesicht. Das eklige Grinsen verschwindet dennoch nicht.

"Sicher, dass sie auf eurer Seite stehen? Wie ich weiß, gehen sie davon aus, dass Vi tot ist und ich denke, das sollte auch so bleiben, was meint ihr?" Er weiß es nicht. Er weiß nicht, dass die Polizei bereits die weiße Flagge gehisst hat. Mein bester Freund realisiert es im selben Moment und entfernt sich ein wenig von uns.

"Das war aber leicht, euch in die Flucht zu schlagen. Nummer eins ist weg, bleiben nur noch wir beide übrig." Es kostet mich all meine vorhandene Kraft, nicht sofort auf ihn loszugehen. Die Tatsache aber, dass er sich in Sicherheit wiegt, während er bereits dabei ist, kläglich zu verlieren, verleiht mir diese. Ein Glücksgefühl der schönsten Art durchflutet meinen Körper. Viola ist außerhalb seines Handlungsrahmens, Ben ist das gewünschte Risiko eingegangen - vielen Dank an sein riesen Ego - und Leonard spricht bereits mit Detektive Wayne.

"Sag mir Zander, wieso der ganze Aufriss? Für eine Fremde? Für eine Hure? Was anderes ist sie doch nicht, das musst doch selbst du einsehen, oder?" Am liebsten hätte ich ihm sein dämliches Grinsen aus der Fresse geschlagen, aber das würde keinem der Beteiligten helfen.

"Wenn du so denken möchtest, bitte. Sag mir, warum das Ganze." Es hört sich flehentlich an, aber es ist mir egal. Ich will wissen, was einen dazu treibt, seiner Schwester so etwas anzutun. Meine Hände schiebe ich in die Hosentaschen der Jeans, die Leonard mir netterweise mitgebracht hat, und ertaste mein Handy. Ich kann blind damit umgehen und stelle, während er mir weiterhin seine Antwort schuldig bleibt, die Aufnahmefunktion an. Ben beginnt, um mich rings rum zu laufen, als würde er lauern.

"Weißt du, wie lange ich den Gedanken hegte, ihr alles heimzuzahlen, was sie mir angetan hatte, kann ich dir nicht mal sagen. Aber vielleicht solltest du als erstes wissen, das sie nicht meine leibliche Schwester ist. Und glaub mir, ich bin froh, dass dieser Dreck nicht mit mir verwandt ist." Wieder will mich die Wut übermannen, aber mit letzter Kraft halte ich mich selbst davon ab. Ein wenig Erleichterung macht sich dennoch in mir breit. Der Gedanke, dass sie nicht dieselben leiblichen Eltern haben, beruhigt mich. Auch wenn ich vermute, dass Viola das nicht einmal weiß.

"Unsere Eltern adoptierten mich, da sie dachten, sie könnten keine eigenen Kinder bekommen, doch das war nicht ganz richtig. Ein paar Jahre später kam Viola zur Welt und genau diese drehte sich einzig und allein nur noch um sie. Ich war unsichtbar und lebte so neben dieser glücklichen Familie her. Sie ist der Grund, wieso meine Eltern sich einen Dreck um mich scherten, ich irgendwann anfing, zu spielen, und das sogar richtig gut. Das Geld für diese ganzen Menschen war schnell zusammen, es brauchte nur noch einen Termin, wann ich sie endlich aus dem Leben ziehen konnte. Viola bekam die ganze Aufmerksamkeit und ich bekam nichts. Ich wollte, dass sie weiß, wie es sich anfühlt, nichts Eigenes zu haben, kein Leben mehr, für das es sich lohnte zu kämpfen. Sie sollte meine Marionette sein, mit der ich tun und lassen konnte, was ich wollte. Ich wollte einfach wieder meine Eltern zurück, die sie mir weggenommen hatte."

Das erste Mal, seit er den Mund aufgemacht hat, kann ich Schmerz in seinen Augen erkennen. Seine Geschichte ist traurig, und wenn seine Eltern ihn wirklich so behandelt haben sollten, würde ich es trotzdem nicht verstehen. Aber wie soll ich ihm glauben können? Es wäre ihm ein Leichtes, mir sonst was zu erzählen, nur um einen Funken Mitleid zu erregen.

"Hat sie dir nie leidgetan? Hast du wenigstens erreicht, was du wolltest?" Mir ist klar, ich muss Zeit schinden, bis die Polizei wirklich hier auftaucht, auch wenn seine Worte die Übelkeit in meinem Magen nur vorantreiben.

"Mitleid? Für sie? Hatte sie jemals Mitleid mit mir, als sie mal wieder bevorzugt wurde, ich eine Kugel Eis weniger bekam als sie? Ich denke nicht, dass sie es verdient hat. Vielleicht war das Kleid etwas übertrieben, aber dein Auftauchen hat mich einfach ein wenig durcheinandergebracht. Das kann jedem passieren. Deine zweite Frage muss ich verneinen. Meine Eltern fielen in ein Loch und haben Jahre gebraucht, da rauszukommen. Sie kümmerten sich zu diesem Zeitpunkt statt um mich - den armen Bruder, der seine geliebte Schwester verloren hatte - um sich selbst. Es war herzzerreißend, wie sie weinten, als man ihnen mitteilte, dass sie verstorben sei, man ihre Leiche aber nicht finden könne. Ich gab mein Bestes, um auf mich aufmerksam zu machen. Aber leider bemerkten sie es gar nicht. Das war der Moment, an dem ich Ben Wilder das Leben schenkte. Nur so konnte ich all die Erinnerungen verdrängen und mich dabei an Violas Leid laben. Ist es nicht herrlich, wie jeder das bekommt, was er verdient?"

Wieder ziert dieses dreckige Grinsen seine Lippen, das ich ihm am liebsten aus dem Gesicht geprügelt hätte. Glaubte ich zuvor noch, er würde echten Schmerz empfinden, so ekle ich mich jetzt jede Sekunde vor über ihm. Meine Fäuste ballen sich neben meinem Körper und ich trete einen Schritt auf ihn zu. Doch das Grinsen verschwindet nicht. Sein Blick ruht auf mir, gleichgültig und abwesend, keinerlei Gefühlsregung ist in ihm zu erkennen.

"Ich hoffe wirklich, das gilt auch für dich", und in dem Moment, als ich meinen Arm hebe und zum Schlag aushole, höre ich die Sirenen von draußen. Es dauert einen Moment, bis auch Ben begreift, was hier vor sich geht, und er will sich umdrehen, um abzuhauen. Aber ich bin schneller und nagle ihn am Boden fest. Meine letzten Reserven Kraft aufbrauchend kämpfe ich mit ihm am Boden, bis die ersten Beamten rein gestürmt kommen und sich sofort um ihn kümmern. Er hat ein paar Schläge in meinem Gesicht platzieren können, doch der Schmerz, den ich spüren sollte, wird von der Genugtuung verdrängt, dass auch er endlich erhält, was er verdient.

Leonard stellt sich neben mich und klopft mir auf die Schulter.

"Autsch", zucke ich zusammen, da Ben mich anscheinend auch da getroffen hat. Scheißkerl. Meine Hand fischt das Handy aus der Tasche und ich stoppe die Aufnahme.

"Du hast ihn aufgenommen?" Leonard sieht mich erstaunt an. Nickend lasse ich den Anfang ablaufen, will wissen, ob man es auch versteht. *"Weißt du, wie lange ich den Gedanken hegte, ihr alles heimzuzahlen, was sie mir angetan hatte ..."*, erklingt seine Stimme klar und deutlich erkennbar, und ich grinse meinen besten Freund an. Die Polizei hat Ben mittlerweile nach draußen gebracht. Hoffentlich direkt in einen weißen Raum mit Polster ausgestattet, ohne Fenster, ohne Gitter.

"Und nun?", will ich wissen? Doch bevor Leonard mir antworten kann, werden wir von einer der Schwestern unterbrochen.

"Miss Viola ist soeben aufgewacht."

Viola

Ein brennendes Licht blendet mich, als ich versuche, die Augen zu öffnen und dies sofort bereue. Ebenso brennt der widerliche Geruch von Desinfektionsmittel in meiner Nase, der meine Verwunderung über meinen derzeitigen Aufenthaltsort nur verstärkt. Im Schloss riecht es doch nie so.

Was ist eigentlich geschehen?

Stöhnend greife ich mir an die Stirn, beziehungsweise versuche es zumindest. Denn mein Arm wird von Schläuchen zurückgehalten. Ich zwinge mich, die Augen endlich zu öffnen, habe die Vermutung, dass *er* endgültig durchgedreht ist und mich ans Bett fesseln ließ. Doch mein Erstaunen hätte nicht größer sein können, als ich ein steriles Krankenhauszimmer entdecke. Meine Augen begutachten den gesamten Raum, und nichts lässt darauf schließen, dass ich mich immer noch in meinem persönlichen Gefängnis aufhalte. Ich sehe an mir selbst herunter und erkenne die typische Krankenhauskleidung. Sollte ich es wirklich raus geschafft haben? Nur wie? Immer wieder wiederholt mein Kopf diese Fragen, bis er höllisch anfängt zu schmerzen, und ich irgendetwas suche, um die Schmerzen zu lindern.

Ich finde einen kleinen Knopf direkt an meinem Bett, den ich betätige in der Hoffnung, er sei mit einem der Schläuche in meinem Arm verbunden und versorge mich mit etwas Schmerzlinderndem. Doch nichts geschieht. Immer und immer wieder drücke ich darauf, bis ich schnelle Schritte von außerhalb des Zimmers höre und im nächsten Moment die Tür aufgerissen wird.

„Geht es ihnen gut? Haben Sie Schmerzen? Wo tut es Ihnen weh?", bombardiert mich die nervöse junge Krankenschwester mit Fragen, aber ich kann sie nur anstarren. Seit Jahren habe ich keinen fremden Menschen mehr gesehen, der sich Sorgen um mich macht, und die Tatsache, dass ich endlich außerhalb dieses Gefängnisses bin, treibt mir die Tränen in die Augen. Ich breche völlig zusammen vor den Augen der beunruhigten Schwester. Die mich weiterhin entgeistert anschaut. Das Schniefen kann ich nicht unterdrücken. Mein Körper wird geschüttelt, und ich kann den Aufprall des Steins, der von meinem Herzen fällt, beinahe hören.

All der Schmerz, die Traurigkeit, die Angst verschwinden, je länger ich heule und je freier ich mich fühle. Ich bin in einem Krankenhaus und niemand kann mir etwas anhaben! Mein Kopf bekommt nicht zu fassen, was hier geschehen ist, und so breche ich unter Tränen in schallendes Gelächter aus. Alles in mir schmerzt, dröhnt und wehrt sich gegen meinen Ausbruch, aber ich kann nicht aufhören.

ZANDER! - schießt es mir durch den Kopf, und das Lachen wird nur noch schlimmer, denn ihm allein habe ich es wohl zu verdanken, dass ich jetzt hier liege und mich, soweit es die Schläuche zulassen, vor Lachen krümme.

„Zander", presse ich keuchend hervor aber die Schwester, die stocksteif neben meinem Bett steht, scheint zu verstehen und macht auf dem Absatz kehrt. Wieder sind ihre Schritte zu hören, aber ebenso schallt mein Gelächter durch den Gang und wieder zurück in mein Zimmer. Meine Gedanken rasen, versuchen sich daran zu erinnern, was gestern Nacht geschehen ist. Aber ab da, wo ich Zander von meinem Büro aus gesehen habe, ist nichts mehr. Lediglich ein großes schwarzes Loch klafft in meinen Erinnerungen, bis zu dem Zeitpunkt vor ein paar Minuten, als ich aufwachte. Wieder sind Schritte zu vernehmen, nur sind sie dieses Mal schwerer, dumpfer, und mein Herz beginnt zu rasen, als ich Zander im Türrahmen erkenne.

Seine Augen blicken mich ebenso müde wie glücklich an, dunkle Augenringe zeugen von einer endlos langen Nacht. Direkt hinter ihm ist Leonard aufgetaucht, der genauso fertig aussieht wie Zander. Der mit kleinen Schritten auf mich zukommt. Er sieht mich an, als würde er einen Geist sehen. Und wenn ich daran denke, wie ich mich fühlte, bevor alles dunkel wurde, so sehe ich sicherlich auch genauso aus.

„Vi", flüstert er, als er direkt vor mir steht. Seine Hand hebt sich und streicht mir die Tränen unter den Augen weg. Die aber sofort von neuen Tränen der Freude ersetzt werden. Ein Lächeln stiehlt sich auf meine Lippen, als er sich neben mich setzt und seine Hände sich um meine zitternden schließen.

„Was machst du nur für Sachen?", fragt er atemlos, doch ich nehme seine Stimme kaum wahr, mein Blick liegt auf seinen vollen Lippen, die sich zu einem atemberaubenden Grinsen verziehen, als er bemerkt, was ich tue. Augenblicklich erröte ich und spüre deutlich, wie mein Gesicht erhitzt. Sein Grinsen wird nur breiter dadurch. Meine Augen treffen seine, ein Glitzern und

Funkeln liegt darin, und wieder muss ich mich zusammenreißen, mich nicht in ihnen zu verlieren.

„Ich hatte solche Angst um dich", dringt seine Stimme zu mir durch, als seine Lippen schon beinahe meine berühren. Ich kann es nicht mehr abwarten und hebe meinen Kopf die letzten Millimeter, bis unsere Münder sich endlich berühren und das bekannte Kribbeln meinen gesamten Körper erfasst. Zu gern will ich meine Arme heben und um seinen Nacken legen, doch bringe ich die Kraft dazu nicht auf. So lege ich meine Hände nur auf seinen Bauch, streiche sanft darüber und entlocke ihm ein leises Stöhnen, das nur wir hören, als meine Zunge über seine Lippe streicht. Mein Puls rast, mein Herz springt gleich aus meiner Brust, als seine Finger über meine Wange streifen, das Blut rauscht in meinen Ohren, als seine Zunge auf meine trifft.

Ein tiefes Räuspern hinter uns lässt uns auseinander fahren, und ich vermeide es, den Blick zu heben. Zander gluckst neben mir und hebt meinen Kopf leicht mit seinem Finger unter meinem Kinn. Wieder treffen meine Augen auf seine und das Funkeln ist noch intensiver geworden. Fast schon glüht sein Blick und verbindet sich mit meinem. Nach Luft schnappend ziehe ich ihn noch einmal zu mir und presse meine Lippen erneut auf seine.

„Ich möchte euch wirklich nur ungern trennen, aber würdet ihr kurz eure Aufmerksamkeit auf uns richten?", unterbricht uns Leonard erneut, und nach einem letzten, kurzen Kuss setzt sich Zander auf und ich strecke seinem besten Freund die Zunge heraus, was er nur ebenso frech erwidert.

Erst dann bemerke ich die weiteren Menschen im Raum, wie sie Zander und mich amüsiert beobachten, wodurch die Röte in meinem Gesicht nur verstärkt wird.

„Miss Cuero?", versichert sich der Oberarzt, und ich nicke leicht. Ich muss wieder ein Lächeln unterdrücken, als Zanders Finger sich um meine schließen und sein Daumen sanft über meine Hand streicht.

„Sie wurden gestern Abend mit einer schweren Überdosis eingeliefert, die aus dem Zusammenspiel der Schmerzmittel mit den Ihnen verabreichten Drogen entstand. Sie selbst hätten es nicht verhindern können, das Kleid, das Mr. Athens uns übergab, war darin getränkt worden, und als Sie es trugen, gab es die Substanz über Ihre Haut und Ihren Schweiß an Sie ab."

Ein erschrockenes Keuchen entrinnt meiner Kehle, und sofort beginnt mein Körper zu zittern. Eine nur allzu bekannte Übelkeit übermannt mich, doch Zander spürt, was in mir geschieht, und schließt mich in seine starken Arme. Ich reagiere sofort auf ihn und entspanne sich nach einigen Sekunden. Er legt seine Hände auf meine Arme, fährt diese langsam auf und ab und prüft meinen Blick eindringlich, bevor ich nicke und mich beruhigt habe. Ich forme ein stummes *Danke*, in seine Richtung und widme mich dann wieder dem Arzt.

„Im Zusammenspiel mit ihrem Blutverlust war ihr Körper nicht mehr in der Lage, die schädlichen Substanzen zu verarbeiten, was dazu führte, dass Sie zusammenbrachen. Die erste Infusion vor Ort von Dr. Athens half Ihrem Körper sich wieder zu beruhigen und es war uns hier dann möglich, durch das Auspumpen Ihres Magens und weiteren Infusionen Ihren

Kreislauf zu stabilisieren." Er lächelt mich aufmunternd an und nickt dann Zander zu. Dieser erwidert ebenso lächelnd das Nicken und sieht mich wieder an.

"Viola, man hat den Mann, der für all das verantwortlich ist, vor einigen Minuten auf das Polizeipräsidium gebracht hat, und er wird für lange Zeit hinter Gittern kommen, das verspreche ich dir."

"Das alles verdanken Sie diesen beiden jungen Männern hier, die sich wirklich aufopferungsvoll darum gekümmert haben, diesen Mann zu schnappen", ergänzt mein Arzt. Die letzten Worte spricht er mit einem fast schon stolzen Lächeln auf den Lippen aus, und die Tatsache, dass *er* geschnappt ist, ist endgültig zu viel für mich und erneut breche ich in Tränen aus. Geschüttelt durch das starke Zittern, wiege ich mich selbst auf meinem Platz hin und her.

Nur schwer kann ich begreifen, dass es wirklich vorbei sein soll, und all die Menschen um mich herum scheinen meine Geschichte zu kennen, denn keiner versucht, mich zu beruhigen. Jeder gibt mir genau den Raum, den ich in diesem Moment benötige, und man wartet geduldig, bis ich mich wieder fange. Es dauert einige Minuten, bis ich Zanders Hand lächelnd drücke und er es sofort erwidert.

„Wer?", frage ich nur und Zanders Blick verdunkelt sich sofort, sein Körper spannt sich gefährlich an. Doch anstatt dass er mir eine Antwort gibt, ist es Leonard.

„Dein Bruder Nathaniel. Bei uns war er aber als unser Anwalt Ben bekannt. Es tut mir leid, dass wir dir das jetzt sagen müssen und auch, dass du all dies erleiden musstest." Meine

Augen sehen ihn geschockt an und ich versuche, seine Worte zu fassen, irgendwie in den Kopf zu bekommen, doch jedes Mal entgleiten sie mir und ich bin nicht fähig, sie einzufangen.

„Nathaniel ist nicht dein leiblicher Bruder, Viola. Er wurde von deinen Eltern adoptiert, bevor du geboren wurdest, denn sie dachten, keine Kinder bekommen zu können. Aber sie bekamen dich ein paar Jahre später und Nathaniel war seit diesem Zeitpunkt eifersüchtig auf all die Aufmerksamkeit, all das Gerede um dich, und dass man sich nur noch um dich kümmerte, er links liegen gelassen wurde"

„Aber das stimmt doch überhaupt nicht", unterbreche ich Leonard aufgebracht, und alle sehen mich verwirrt an.

„Nate und ich waren ein Herz und eine Seele, unsere Eltern behandelten uns immer gleich, niemals wurde einer von uns bevorzugt. Er war mein Fels, mein Retter und mein Beschützer, egal was passierte!" Wieder bin ich den Tränen nahe, doch ich schlucke sie jedes Mal runter, wenn sie aus meinen Augen fließen wollen. „Das kann nicht wahr sein", flüstere ich, und wieder ist es Zander, der mich mit seinen Berührungen beruhigt, aber Leonard, der spricht.

„Leider scheint seine Auffassung stark von deiner abzuweichen, oder etwas läuft in seinem Kopf noch viel schiefer, als wir sowieso schon dachten. Er wollte sich an dir rächen, dir dieses bevorzugte Leben nehmen und deine Eltern damit bestrafen, dass sie ihn all die Jahre nicht beachteten – laut ihm. Es tut mir so leid, Vi", endet er, und ich nicke lediglich. Das alles kann nicht wahr sein. Nate würde so etwas nicht tun. Habe ich mich so in ihm täuschen können? Ist es so gewesen, wie er es beschreibt und ich habe es einfach nicht merken wollen? Bin ich wirklich selbst daran schuld, was geschehen ist?

„Denk nicht mal eine Sekunde darüber nach, ob du etwas dafür konntest. Es ist nicht dein Fehler, dass dieses kranke Schwein verrückt ist. Er allein trägt die Verantwortung für alles, und glaub mir, das wird er auch noch bemerken." Dieses Mal ist es Zander gewesen und ich kann die Anspannung seines Körpers deutlich spüren.

„Wenn es so ist, wie ihr es sagt, dann ist er es einfach nicht wert. Lasst uns bitte nicht mehr an ihn denken, ja?" Eindringlich sehe ich Zander und auch Leonard an und will mir nicht vorstellen, wie es sich anfühlen muss, von einem ihrer besten Freunde so hintergangen worden zu sein. Ich selbst kann meine Gefühle weder greifen noch beschreiben. Doch die Erleichterung, dass es endlich vorbei ist, ist größer als der Ekel über das Verhalten dieses Menschen, den ich immer so liebte.

Ich verbiete mir selbst, länger darüber nachzudenken, ich will einfach nur das Gefühl genießen, nicht mehr in diesen Mauern gefangen zu sein. Die Wirklichkeit wird mich früh genug einholen und mir ist bewusst, dass allein der Schock an meinem Empfinden schuld ist. „Meine Eltern?" bringe ich zwischen meinen wirren Gedanken hervor, und als ich die Stimme meiner Mutter vernehme, ist es mir einfach nicht mehr möglich, die Tränen zurückzuhalten.

„Wir sind hier Honey."

Und schon im nächsten Moment drückt Zander meine Hand und steht auf, um meiner Mom und meinem Dad Platz zu machen, die schon eine Weile im Raum gestanden haben müssen. Erneut forme ich ein stummes „Danke" und er schenkt mir einen Luftkuss und ein kleines Lächeln.

„Ich denke, wir sollten sie allein lassen", höre ich den Arzt sagen, bevor ich in die Arme meiner Mutter geschlossen werde und alles andere um mich herum vergesse, während ich ihren beruhigenden Geruch einatme. Dieser Geruch, der schon immer Zuhause, Geborgenheit und Liebe für mich bedeutete, den ich so schmerzlich vermisst habe, wie jede andere Kleinigkeit an meinen Eltern. Die Tränen laufen und laufen über meine Wangen, während sich beide links und rechts auf mein Bett setzen und meine Hände beinahe zerdrücken.

„Ich kann es nicht glauben", flüstert meine Mom, während sie mir vorsichtig über die Wange streicht, als wolle sie sich davon überzeugen, dass ich es wirklich bin.

„Ich bin es wirklich, Mom", spreche ich meinen Gedanken sofort aus und ein warmes Lächeln erscheint in ihrem Gesicht.

„Ich bin so froh, dass dieser junge Mann dich dort rausgeholt hat. Wir wollten es seinem Freund nicht glauben, nach all der Zeit konnten wir es nicht. Aber als die Polizei vor unserer Tür stand, uns alles erzählte, konnten wir es nicht mehr verdrängen und sind sofort hergekommen" erklärt mein Dad und auch in seinen Augen schimmern Tränen.

„Nate", flüstere ich und beide nicken traurig.

„Die Polizei informierte uns über seine Version, aber du musst uns glauben, dass wir das nie beabsichtigt haben. Wir dachten, dass wir euch immer gleich behandelt hätten, nie jemand bevorzugt wurde ..."

„Genauso habe ich es auch empfunden", unterbreche ich Mom. Es beruhigt mich, dass mein Weltbild unserer Familie nicht falsch gewesen ist, und er es nicht schaffen wird, mir die glücklichen Erinnerungen zu nehmen. Mein Blick wandert zwischen ihnen hin und her, während die Tränen sich weiter ihren Weg bahnen. Aber es ist mir egal, denn es sind Tränen der Freude. Sie beide sind hier, lieben mich noch immer wie vor acht Jahren, nichts hat sich zwischen uns geändert. Mein Herz zerspringt beinahe vor Freude, als sie mir beide einen Kuss auf die Wange drücken und Dad mir leicht über die Haare streichelt. Das hat er schon getan, als ich ein kleines Mädchen war. Die Erinnerung lässt mein Herz erneut anschwellen und ich kann es einfach nicht begreifen.

Gestern noch saß ich in meinem dunklen Verlies. Alleingelassen, verloren und voller hoffnungsloser Gedanken. Jetzt bin ich umringt von meiner Familie, die alles für mich ist. Ich kann es nicht fassen, dass ich das alles allein Zander zu verdanken habe. Auch Leonard gebührt genügend Dank, das weiß ich. Doch Zanders Gesicht taucht vor meinem inneren Auge auf, sein Lächeln erwärmt mein Herz und das Kribbeln auf meiner Haut kehrt allein bei dem Gedanken an ihn zurück. Ich will mir nicht vorstellen, was geschehen wäre, wenn wir uns nie begegnet wären.

Denn genau dieses hat uns an diesen Punkt geführt. An dem ich die Hände meiner Eltern halte, und der Mann, der einfach so still und leise mein Herz stahl, draußen auf dem Gang sitzt und auf mich wartet.

Nie habe ich an Liebe auf den ersten Blick geglaubt und auch jetzt ist mir bewusst, dass ein langer Weg vor uns liegt. Doch nach all dem, was Zander bereit war, für mich auf sich zu nehmen, werde ich jede Therapie, jede Sitzung durchstehen, um ein normales Leben führen zu können.

Und im schönsten Falle ist er an meiner Seite.

Das Gras unter mir kitzelt meine nackte Haut an den, als ich versuche, mich aus Zanders Griff zu winden. Unermüdlich pieken seine Finger in meine Seite und zwingen mich jedes Mal hysterisch aufzulachen.

„Bitte bitte hör doch endlich auf", keuche ich während einer kurzen Pause, was ihm lediglich ein Schnauben entlockt.

„Aufhören? Und was bekomme ich dafür?" Seine Worte raunt er mir dunkel direkt ins Ohr, was mir eine Gänsehaut der ganz besonderen Sorte über den Körper jagt.

Neun Monate sind vergangen, seit ich aus dem Krankenhaus entlassen worden bin. Neun Monate, in denen Zander und ich fast jede Sekunde, die es uns möglich war, miteinander verbrachten. Neun Monate, in denen ich unzählige Therapiestunden hinter mich brachte und mich nach jeder ein kleines Stückchen mehr, wie mich ich selbst fühlte.

Nates Verhandlung liegt erst ein paar Tage zurück. Aber das Wissen, das er sich nun hinter dicken, unüberbrückbaren Mauern befindet, lässt ein grenzenloses Glücksgefühl in mir erwachen. Ich wohne wieder bei meinen Eltern, die zurück in die Stadt gezogen sind, nachdem endlich alles überstanden ist. Ich bin mit Zander und Leonard auf einer Dienstreise in Europa gewesen und noch nie habe ich eine so schöne Landschaft wie dort gesehen. Ich habe mich in Rom verliebt, Zander und ich wollen unbedingt dorthin zurückkehren.

Seit dieser Zeit arbeite ich halbtags für die beiden und bringe ihr Büro ein wenig auf Vordermann. Der Vorteil davon ist, dass ich Zander jeden Tag sehen kann. Die Gefühle für ihn werden mit jedem Tag, den wir zusammen verbringen, ein bisschen tiefer.

Heute hat er mich entführt, wir liegen auf dieser wunderschönen Wiese voller bunter Blümchen, die im Schein der Sonne leuchten und sich im sanften Wind hin- und herwiegen. Ihr Anblick hat mir die Tränen in die Augen getrieben, ich bin so überwältigt, diesen wunderschönen Ort mit ihm gemeinsam zu erleben.

Er hat, während ich in meinen Gedanken versunken bin, aufgehört mich zu kitzeln, und sein Kopf ruht auf meinem Bauch. Seine Finger streichen über meinen Oberschenkel und wandert mit ihnen nach oben. Leicht hebt er seinen Kopf und sieht mich mit seinen wunderschönen Augen an, in denen ich jedes Mal aufs Neue versinke. Seine Hand schiebt sich unter mein Shirt, er zeichnet kleine Kreise auf meinem Bauch, bis er an den Rand meines BHs trifft. Sanft streicht sein Daumen über den Stoff, doch trifft mich seine Berührung bis ins Mark. Mein Nippel stellt sich unter seiner kleinen Massage gierig auf und verlangt nach mehr Aufmerksamkeit.

Sein Blick verändert sich leicht, seine Augen beginnen zu funkeln, als seine Hand um meinen Oberkörper rund herumfährt, und er mich in einer fließenden Bewegung auf sich hebt. Ich liege jetzt direkt über ihm, und er kann seine neugierigen Finger unter meinen Rock schieben. Ich grinse ihn an, weiß ich doch genau, was er vorhat, und senke meinen

Kopf. Kleine Küsse verteile ich auf seinem Hals bis hin zu seinem Ohr, an dem ich kurz verharre.

„Du warst so ein artiger Junge. Ich denke, du hast eine Belohnung verdient", raune ich und schon im nächsten Moment dreht er uns um, seine vollen Lippen auf meine gepresst.

<u>Ende</u>

Danksagung

Danksagungen werden mir wahrscheinlich niemals leicht fallen. Aber sie der einzige Bereich in einem Buch, indem ich mich bedanken kann.

Und dieser Dank ist kaum in Worte zu fassen, haben so viele Menschen dabei geholfen, dass meine Königin genauso gut wird, wie sie jetzt ist.

Allen voran dieses Mal meine Testleser - das erste Mal hatte ich welche, und ich könnte nicht dankbarer sein, dass ihr euch die Zeit genommen habt, um die Rohfassung meines Werkes zu lesen. Liebe Lisa, liebe Cassidy, liebe Kerstin und lieber Heinz (es war wirklich besonders schön zu lesen, dass die Geschichte auch einem Mann gefällt - ein ganz anderer Blickwinkel als wir Frauen), ihr habt mir mit euren Anmerkungen wirklich weitergeholfen und mir aufgezeigt, wo der Text Schwächen hatte. Ohne euch hätte ich viel übersehen, da bin ich mir sicher! DANKE!

Ein riesiges *DANKE* auch an meine beiden Mädels unserer *Sinnliche Momente* - Gruppe. Wie oft habe ich euch mit Vorschlägen oder Fragen genervt und ihr habt mir geduldig und lieb geholfen. Alex und Lucia - ich bin sehr froh, euch zu haben. Danke, dass ihr es mit mir aushaltet.

Ein weiterer Dank geht an meine Lektorin Romy, die meine Texte formt und selbst dann nicht verzweifelt, wenn ich mal eben entscheide, dass die Zeitform geändert werden muss. Danke auch an meine liebste Tamie für dieses wunderschöne Cover und das du immer zugehört hast, wenn ich mal wieder nicht aufhören konnte, über das Buch zu sprechen. Genauso wie meine andren beiden Lieblingsmenschen.

Danke an meine Eltern, denn ihr unterstützt mich einfach immer und immer wieder. Bei so einem Rückhalt kann man gar nicht über das Aufgeben nachdenken.

Und danke an dich Rico, mein Liebster, der mich die letzten Wochen ertragen hat, und dem das Buch wahrscheinlich schon aus den Ohren rauskommt. Du hast mich ermuntert, motiviert und mir die Zeit gelassen, die ich brauchte. Mehr könnte ich mir nicht wünschen.

Bereits von J.R. König erschienen

217

sie ihn aus dem Koma holen sollen, schafft es ihr Bruder Daniel, ihr neuen Lebensmut zu geben. Gemeinsam mit ihm versucht sie erneut ihrem Vater das Handwerk zu legen und trifft auf Feinde, mit denen sie nicht gerechnet hat.

Hat ihr Vater neue Verbündete gefunden und steckt hinter den Überfällen? Oder ist er wirklich so unschuldig, wie er vorgibt? Bekommt Sophia endlich die Chance auf ein wenig Glück und Frieden, oder muss sie womöglich mit ihrem Leben bezahlen?

Begleiten Sie Sophia nach London. Leiden Sie mit ihr unter der Trennung von Mann und Kind und hoffen Sie auf das Wunder, dass William wieder die Augen öffnet.

Ein prickelnder und ebenso gefühlvoller Thriller, der Sie in seinen Bann ziehen wird.

Sündige Leidenschaft

Klappentext:

Liebe versus Verlangen?

Lust versus Vertrautheit?

Abenteuer versus Sicherheit?

Was soll man tun, wenn man in seiner Beziehung nicht mehr glücklich ist, aber nicht aufgeben will?
Was soll man tun, wenn man sich zu einer anderen Person als dem eigenen Partner hingezogen fühlt und dieses Verlangen sich nicht abschalten lässt?

Wenn der Partner nichts dafür tut, dass die Beziehung weiterhin funktioniert und man beinahe schon in die Arme des Unsicheren, des Neuen getrieben wird?

Was würdest du tun?

218